작고 단순한 삶에 진심입니다

작고 단순한 삶에 진심입니다

미니멀리스트 단순한 진심의 소소익선 에세이

류하윤 X 최현우

당신의 알맹이는 무엇인가요?

우리는 대학교에서 처음 만났다. 서로 뜻이 잘 맞아 돌아오는 비행기표도 없이 스페인 바르셀로나로 떠났고, 스냅 사진 촬영으로 돈을 벌며 여행을 했다. 태국 치앙마이에서는 우연히 북바인딩(실과 바늘로 종이를 엮어 노트를 만드는 일)을 알게 되었고, 이때 배운 기술을 살려 동해에서 7년째 공방을 운영하고 있다. 서울 토박이인 우리에게 동해시는 아무 연고도 없는 낯선 지역이었지만, 대도시와는 달리 느릿느릿 움직이는 이곳 분위기가 퍽 마음에 들었다. 우리는 이곳에서 단독주택에 방 하나를 자그마한 객

실로 꾸며 숙소를 운영했다. 지금은 8평 원룸에서 미니멀 라이프를 즐기며 유튜브와 블로그를 통해 일상을 나누고 있다.

"어쩌다 이런 삶을 살게 되었나요?"

사람들로부터 가장 많이 받는 질문이다. 그럴 때마다 우리는 "잃을 게 없어서 가능했어요!"라고 답한다. 우리에게는 돈도, 대학 졸업장도, 직장도 없었다. 포기해도 아쉬울 게 없었기에 하고 싶은 일에 도전하는 데 부담이 적었다. 잃을 것이라고는 시간뿐이었는데, 어떤 경험이든 배울 거리가 있으니 시간을 버리는 거라 생각되지 않았다.

사람들은 또 말한다.

"잃을 게 없다고 모두가 이렇게 할 수 있는 건 아니잖아요."

그럼 우리는 "둘이라서 가능했던 것 같아요!"라고 답한다. 어느 한쪽이 하고 싶은 일이 생기면 우리는 그 일을 함께 한다. 서로가 서로의 꿈에 기꺼이 함께할 수 있었던 이유는 각자의 미래가 정해지지 않았기 때문이었다. 한 번도 해보지 않은 일이라 할지라도 해보기 전까지는 좋은지 나쁜지 알 수 없기에 마음의 문을 열고 무슨 일이든 같이 했다. 그렇게 우리는 '나다운 삶'보다는 '우리다운 삶'을 살아왔다.

우리는 무엇이 되기 위해 애쓰지도 않았고, 무엇을 해야 해서 억지로 하지도 않았다. 그저 마음의 소리를 따라 몸과 마음이 편안한 쪽으로 흘러왔을 뿐이다. 그렇게 살다 보니 우리 삶에 불필요한 물건뿐 아니라 마음을 짓누르는 과거의 기억, 어찌할 수 없는 타인의 시선, 걷잡을 수 없는 복잡한 생각들을 덜어내고, 우리에게 꼭 필요한 알맹이만 남길 수 있었다. 이 책은 그 알맹이에 관한 이야기다.

그러나 '어떤 알맹이를 남겨야 하는지'에 대해서는 이야기하지 않는다. 사람마다 필요한 알맹이는 모두 다를 테니까. 다만 당신이 우리의 이야기를 읽고 '아, 이렇게 살 수도 있구나!' 하며 다른 삶의 가능성을 보았으면 하는 마음에서 썼다. 우리 역시 누군가의 삶을 보며 어떤 삶을 살아가고 싶은지 생각해보기 시작했으니까. 책에 담긴 우리의 알맹이가 당신의 알맹이를 찾아나가는 여행에 작은 보탬이 되길 바란다.

이 책을 우리의 단순한 진심이 담긴 편지라고 생각하고 읽어주면 좋겠다. 단순하게, 진심으로, 정성껏 우리의 이야기를 꾹꾹 눌러 담았다. 이제 열다섯 편의 편지를 고이 접어 나룻배에 띄운다. 어떤 삶을 살아가는 누구에게 이 편지가 닿게 될지는 모르겠지만, 벌써부터 마음이 설렌다. 이 편지들이 무사히 당신에게 닿아서 당신의 진심을 꿈틀거리게 한다면, 그래서 당신의 이야기를 하지 않을 수 없게 만든다면 더없이 기쁠 것 같다. 당신의 이야기를 기다리며, 우리의 진심을 먼저 꺼내놓는다.

2022년 3월

류하윤, 최현우

차례

2부 다만 지금의 내가 안녕하기를

: 마음의 짐 내려놓기

3부 잘 사랑하고 싶은 마음

: 관계의 짐 정리하기

1부

×

이토록 작고 풍요로운 집

생활의 짐 덜어내기

당신에게 필요한 집은 몇 평인가요?

24평 단독주택에서 8평 원룸으로

현우

주택살이가 낭만적이라고?

동해로 이사하고 우리가 처음 고른 집은 아담한 마당과 널찍한 옥상이 딸린 24평 단독주택이었다. 평생을 아파트에서 살았던 하윤은 주택살이에 대한 로망이 있었다. 작은 텃밭을 가꾸고, 옥상에서 햇볕을 받으며 빨래를 널고, 동네 고양이들의 밥을 챙겨주고, 집 안 구석구석을 내 취향대로 마음껏 꾸미며 사는 삶. 내가 상상하기에도 나쁘지 않을 것 같았다. 그렇게 우리는 2년 동안 꿈꾸었던 모든 낭만을 이루며 살아왔다. 텃밭 농사를 지어 식재료를 길러 먹겠다는 꿈은 보기 좋게 실패했지만, 그때를 생각하면 순간순간의 소중한 장면들이 그림처럼 떠오른다. 햇볕 내음이 스민 빨랫감들, 우리의 취향이 고스란히 담긴 정겨운 집안 풍경들, 동네 고양이들과 더불어 살아간 시간……. 하지만, 이 아름다운 낭만의 뒤편엔 우리가 미처 짐작하지 못한 불편이 숨어 있었다.

우리가 살던 주택은 연탄으로 난방을 하는 집이었다. 연탄 난방 관리가 그토록 힘든 일인 줄은 우리 둘 다 상상도 못 했다. 매일 밤과 이른 새벽마다 연탄불이 꺼지지 않도록 흑빛 연기를 뒤집어써가며 새 연탄을 갈고, 다 쓴 연탄은 봉투에 넣어 쓰레기를 모아두는 곳까지 끙끙대며 옮겨둬야 했다. 옮기는 와중에 봉투가 찢어지기라도 하면 그 뒤처리로 상당한 골치를 앓았다. 이보다 더 심각한 문제는 따로 있었으니, 아무리 난방을 해도 한겨울에는 실내 온도가 18도 이상으로 올라가지 않았다. 겨울에는 두툼한 양말에 털 실내화는 기본이었고, 한파가 심한 날엔 제자리 뛰기로 몸에 열을 내며 버텼다.

집을 포근하게 감싸주는 감나무 세 그루에 반해서 이 집을 선택했는데 여기에도 생각지 못한 대가가 따랐다. 감나무 잎이 그렇게나 많이 떨어질 줄이야. 정겨운 감나무 세 그루를 날마다 감상하는 대신 우리는 매일같이 마당을 쓸어야 했다. 제일 곤란한 계절은 가을이었다. 탐스러운 감이 주렁주렁 달린 가을에 사다리를 타고 올라가 제때 감을 따주지 않으면 떨어져서 터진 감들로 마당이 금세 지저분해졌다.

주택에 살기 전엔 미처 알지 못한 노동이 이 집에서는 끝도 없이 생겨났다. 따뜻한 물을 쓰기 위해서는 주기적으로 기름을 채워야 했고, 변기를 사용하기 위해서는 정화조를 비우는 일도 잊지 말아야 했다. 구석구석 손이 가는 일이 한두 가지가 아니었고, 청소하고 관리하는 데만 하루를 몽땅 쓰는 날도 많았다.

월세 계약 기간이 끝나가는 어느 날, 바닥에 누워 가만히 집을 둘러보는데 문득 이 집이 우리 둘에게 너무 크다는 생각이 들었다. 집의 편안함을 누리는 시간보다 집을 관리하는 시간이 더 많아서였을까.

생각 끝에 하윤에게 물었다.

"우리 다음에는 주택 말고 다른 곳에서 살아보는 건 어때?"

고민하는 하윤의 얼굴을 조심스레 살폈다. 하윤이 나의 제안을 어떻게 생각할지 궁금했다. 사실 바로 거절할 줄 알았다. 하윤은 주택을 관리하는 일을 힘들어하면서도 고양이들과 살을 부비고 감을 따서 이웃들과 나누고 마당을 쓸며 주택살이의 낭만을 누리는 순간순간을 누구보다 행복해했으니까.

그런데 의외의 대답이 돌아왔다.

"나도 더 이상 주택에 살지 않아도 될 것 같아."

몇 개월째 연탄을 갈고 있던지라 그녀도 퍽 지친 모양이었다(오래된 주택은 10월 말부터 4월 초까지 연탄을 땐다).

우리는 일단 연탄을 쓰지 않는 집으로 가기로 했다. 어디가 좋을까? 소형 아파트? 작은 빌라? 미니 투룸? 모든 가능성을 열어두고 집을 찾아보던 중, 문득 몇 년 전 하윤이 혼자 살던 원룸이 떠올랐다. 작긴 하지만 따로 관리할 것이 없어서 편리했던 기억이 났다.

"원룸에서 살아보는 건 어때?"

원룸이라는 말에 하윤은 살짝 당황한 듯 보였다.

"음…… 걱정되는 게 한두 가지가 아니긴 한데, 새로운 도전이 될 것 같아. 한번 알아보자!"

며칠이 지나지 않아 우리는 여덟 평 크기의 원룸을 계약했다.

작은 원룸에서 둘이 살 수 있을까?

막상 계약을 하고 나니 여러 가지 걱정이 꼬리를 물고 이어졌다(그렇다, 우리는 항상 일을 저지르고 고민한다).

'보통 원룸에서는 혼자 사는데 둘이 살면 너무 답답하지 않을까?'

'여덟 평에서 살려면 물건을 얼마나 줄여야 할까?'

'각자의 개인 공간이 없어도 괜찮을까?'

이런저런 고민이 뒤따르기는 했지만, 계약을 했으니 일단 물건을 최대한 비워내는 게 급선무였다.

우리는 그동안 사들인 수많은 생활용품과 가구를 앞에 두고 물었다.

'이게 정말 필요할까?'

그리고 '있으면 좋지만 꼭 필요하지는 않은' 물건들을 우선적으로 비워냈다. 이를테면 청소기, 정수기, 에어프라이어, 전자레인지와 같이 생활을 편리하게 해주는 소형 가전들을 비워냈다. 카펫, 침대, 티테이블과 의자를 비워냈고, 자주 입지 않는 수십 벌의 옷과 신발을 비웠다. 또 사놓고 읽지 않는 수백 권의 책과 다 쓴 노트들을 비웠다. 그릇과 수저 역시 둘이서 사용할 만큼만 남기고 나머지는 모두 정리했다. 비워낸 물건은 모두 당근마켓에 올려 필요한 사람들이 하나씩 가져가도록 했다. 물건이 하나씩 줄어들 때마다 집은 조금씩 넓어졌다. 그렇게 빽빽하던 물건과 가구들이 빠지고 나니 집 안이 울릴 정도로 텅 비었고, 이웃분의 경차 한 대만으로도 이사가 가능한 살림이 갖춰졌다. 이렇게 가뿐할 수가!

청소가 이렇게 쉬운 일이었다니

예상대로 여덟 평 원룸은 무척이나 작았다. 공간이 3분의 1로 줄어드니 아쉬운 점이 하나둘 생겨났다. 이를테면 오롯이 혼자가 될 수 있는 공간이라든가 가족이나 친구들이 하룻밤 자고 갈 수 있는 공간이 없다는 게 가장 아쉬웠다. 마당이 없어서 잠깐씩 쉬어가는 고양이들을 만날 일이 없다는 것, 빨래를 말릴 충분한 공간이 없다는 것, 실내에서는 빨래가 잘 마르지 않는다는 것 등등. 아쉬움을 늘어놓자면 끝도 없었지만, 그럼에도 결과적으로는 작은 집으로 이사 오길 정말 잘했다는 생각이 들었다. 작은 집이 가져온 생활의 변화 때문이다.

널따란 주택에 살 때 우리는 청소를 계속해서 미뤘다. 미루고 미루다가 엉망이 되어버린 집 안을 도저히 봐줄 수 없을 때에야 청소를 시작했다. 둘이서 세 개의 방과 넓은 거실, 주방 그리고 베란다를 분주히 돌아다니며 진공청소기와 물걸레 청소기를 밀고 당겼다. 그저 기계를 잡고 밀고 당길 뿐인데도 어찌나 진이 빠지는지, 청소를 마친 후에는 다이빙하듯 침대에 몸을 던져 낮잠을 자야만 했다.

반면에 작은 집은 청소가 쉬웠다. 청소할 공간이 크지 않기 때문이다. 청소하는 시간을 미리 계획할 필요도 없고, 진공청소기나 물걸레 청소기도 필요 없다. 둘이 함께 청소를 할 필요는 더더욱 없다. 그저 둘 중 한 명이 십여 분 동안 빗자루로 천천히 먼지를 모아서 쓰레기통에 버리면 끝이다. 진공청소기를 사용할 땐 듣기 싫은 모터 소리와 먼지 섞인 바람 탓에 청소를 하면서도 빨리 끝내고 싶다는 생각뿐이었다. '청소를 빨리 끝내고 싶다'기보다는 '청소기를 빨리 끄고 싶다'는 표현이 더 정확하겠다. 그런데 빗자루는 달랐다. 스윽스윽 비질을 해서 흩어진 먼지와 머리카락을 천천히 모으다 보면 집이 깨끗해지는 동시에 마음도 차분해졌다.

청소가 피하고 싶은 일이 아니게 되자 우리는 서로에게 청소를 미루기보다는 선심 쓰듯 이렇게 말할 수 있게 되었다.

"오늘 청소는 내가 할게!"

우리 둘 다 청소를 좋아하지 않는 줄 알았는데, 알고 보니 그게 아니었다. 너무 넓은 공간을 청소하는 게 힘들고 시끄러운 소음이 싫었던 것뿐이었다.

'있으면 좋은 물건' 대신 '있어야 좋은 여백'을 둔다

주택은 공간이 넓고 또 많았다. 큰 방 하나, 작은 방 두 개, 넓은 거실과 주방, 길쭉한 베란다, 널찍한 화장실, 세탁실 겸 창고, 아담한 마당과 넓은 옥상까지. 어린아이에게 스케치북을 주면 그림을 그리고 싶어 하는 것처럼, 우리 역시 텅 비어 있는 넓은 공간을 채우고 싶어 했다. '아침에 베란다에 앉아 감나무를 바라보며 커피를 마시면 좋겠다'며 티테이블과 편안한 의자를 구매했고, '거실에서는 늘어져서 책을 읽으면 좋겠다'며 책장과 소파를 구입했다. 하지만, 정작 차를 마시고 책을 읽는 일은 모두 작업실 책상에서 이루어졌고, 안 쓰는 가구들에는 먼지만 쌓여갔다. 먼지만 쌓이면 다행이지만 청소하는 데도 방해가 되니 그렇게 성

가실 수가 없었다.

반면 작은 집에서 우리가 가진 가구는 싱글침대 크기의 책상 하나와 의자 두 개뿐이었다. 너른 책상에서 밥을 먹고, 책을 읽고, 일을 했다. 우리는 여기서 더 이상 가구를 늘리지 않았다. 물건이나 가구를 하나 들일 때마다 생활공간이 눈에 띄게 줄어들었기 때문이다. 아무리 예쁜 물건이나 가구일지라도 작은 집에 가져다놓는 순간 발 디딜 곳이 줄어든다. 보기에는 예쁠지 몰라도 살기에는 여간 불편한 게 아니다. 작은 집에 살면서 깨닫게 된 사실이 하나 있다. 작은 집을 꾸미는 최고의 인테리어는 바로 '꾸미지 않는 것'이라는 점이다. 우리는 작은 집에 살면서 여백이 주는 아름다움에 자주 감탄했다.

"이렇게 작은 집을 이렇게 넓게 쓸 수 있다니!"

물건이나 가구를 들이려고 할 때마다 우리는 질문한다.

'이 물건이 여백과 바꿀 만한 가치가 있을까.'

길게 고민하지 않아도 답은 나왔다. 대부분의 물건이나 가구는 여백과 바꿀 만한 가치가 없었다. 이 질문 하나면 물건을 들이고 싶은 마음도 자연스레 사라졌다. 그렇게 우리는 작은 집에 살면서 자연스럽게 '미니멀리스트'가 되었다.

무엇이든 될 수 있는 충분한 공간

제한된 공간 속에서 여백을 지키기 위해 우리는 잘 쓰지 않는 물건을 꾸준히 비워내고, 토퍼처럼 접고 펼 수 있는 물건을 사용한다. 하나의 공간을 다양한 용도로 쓰기 위해서다. 주택에서는 잠자는 공간, 일하는 공간, 운동하는 공간, 식사하는 공간이 모두 분리되어 있던 반면 원룸에서는 이 모든 일을 한 공간에서 해결한다. 물론, 공간이 분리되어 있는 게 더 편하기는 하다. 매번 뒷정리를 할 필요가 없고, 물건들이 널브러져 있어도 상관없다. 하지만 짠돌이 기질이 있는 나는 하나의 공간을 아낌없이, 낭비 없이 사용하는 편이 만족도가 훨씬 높았다. 물건이든 공간이든 충분히 사용한다고 느낄 때 깊은 만족감을 느끼기 때문이다.

원룸으로 이사를 오면서 떠오른 걱정 중 하나는 '각자만의 개인 공간이 없어도 괜찮을까' 하는 것이었다. 주택에서는 따로 시간을 보내고 싶으면 누구 한 명이 옆방으로 가면 그만이었다. 반면 원룸은 별도 공간이라고는 주방뿐인데, 이마저도 뭔가를 할 수 있을 만한 크기의 공간은 아니다. 특히 혼자만의 시간과 공간을 꼭 필요로 하는 하윤은 자기만의 공간이 없는 것에 대해 처음엔 무척 답답해했다. 그러다 하윤이 끝끝내 찾은 방법은, 다름 아닌 일찍 일어나는 것이었다. 하윤은 나보다 두 시간 일찍 일어나서 혼자만의 공간을 실컷 누린다. 그런 다음 아침 바다 산책까지 다녀오면, 그녀의 얼굴에는 답답한 낌새가 사라져 있다. 한편 나는 하윤이 잠든 이후에 혼자만의 시간과 공간을 누린다. 하윤은 아침에, 나는 밤에 혼자만의 시간을 오롯이 만끽한다. 물론 서로의 잠을 깨우지 않기 위해 뒤꿈치를 들어 살금살금 움직이고 조심스레 문을 여닫고 스탠드 하나만 켜야 하는 번거로움이 있긴 하다. 하지만, 잘 쓰지도 않는 공간을 하나 늘리는 것보다는 이 번거로움이 더 낫다.

우리에게 딱 알맞은 집

공간을 낭비 없이 쓰다 보니 시간 낭비, 돈 낭비, 체력 낭비도 줄어들었다. 가진 물건이 간소화되면서 모든 물건의 제자리가 생겼고, 이로 인해 물건을 찾는 시간이 단축되었다. 공간의 너비와 개수가 줄어드니 동선도 훨씬 단순해졌고, 난방비, 전기 요금, 가스 요금도 눈에 띄게 줄어들었다. 삶의 규모가 작아진 만큼 삶을 유지하는 비용도 자연히 줄어든 것이다. 지방 소도시 작은 원룸이다 보니 대출 없이 전세 보증금을 낼 수 있었고, 덕분에 월세나 대출이자와 같은 주거비용도 들지 않았다. 숨만 쉬어도 나가는 돈이 줄어드니 많은 돈을 벌어야 한다는 부담도 작아졌다. 그렇게 우리는 집을 유지하고 관리하는 데 들어가는 시간과 돈 그리고 체력을 아껴서 하고 싶은 공부를 하고, 새로운 일에 도전하고, 더 자주 여행을 할 수 있었다. 그중 가장 큰 변화는 여가 시간을 활용해 유튜브를 시작한 것인데, 이 작은 시도는 우리 삶에 의미 있는 변화를 많이 불러왔다.

우리는 곧 여덟 평 원룸을 떠나 또 다른 작은 집으로 이사를 간다. 몇 번의 이사와 충분한 대화를 통해 우리에게 알맞은 집이 어떤 곳인지 명확히 알았기에 어떤 집에 살고 싶은지에 대한 서로의 생각이 잘 맞아떨어진다. 새로 이사 갈 집 역시 아홉 평 남짓의 작은 집이지만, 가족이나 이웃을 초대해서 식사를 할 수 있고, 따사로운 볕에 빨래를 말릴 수 있는 테라스 공간도 있다. 지금 살고 있는 집도 그렇듯, 이사 갈 집 역시 완벽한 집은 아닐 것이다. 살다 보면 아쉬운 점이 생길 테고, 이를 잘 기록해서 다음 집을 구할 때 참고하면 된다. 그렇게 하나둘씩 기준을 세워가다 보면 점점 더 만족스러운 집에 살게 되지 않을까.

"오늘 청소는 내가 할게!"

거울 앞에서 당신은 행복한가요?

꾸미지 않았을 때 보이는 아름다움

하윤

나는 꾸미면서 행복하지 않았다

중학생이 되면서 나는 습관적으로 내 얼굴과 다른 사람 얼굴을 비교하기 시작했다. 단 한 번도 내 몸과 얼굴이 마음에 들지 않았다. 거울 앞에 서면 못난 구석들이 또렷하게 보였다. 크고 둥그런 얼굴, 주근깨와 뾰루지, 넓은 미간과 낮은 코, 두꺼운 근육질 다리와 축 처진 뱃살, 짧은 다리와 두꺼운 허리까지. 한참을 거울 앞에 있다가 서러워서 눈물이 날 것 같을 때, 휙 고개를 돌리곤 했다. 나는 깨끗한 피부, 작고 갸름한 얼굴, 오똑한 코, 일자로 뻗은 가는 다리, 군살 없는 여리여리한 몸을 바랐다. 거울을 볼 때마다 내가 되고 싶은 얼굴과 몸매를 가진 사람들이 떠올랐고, 행복해지기 위해서는 그들처럼 되어야 한다고 생각했다. 살을 빼기 위해 먹고 싶은 음식을 먹지 않았고, 생활비를 아껴서 옷과 화장품을 구입했다. 하지만 더 많은 옷과 화장품을 가진다고 해서 마음이 나아지는 것은 아니었다. 외출을 하면 예쁜 사람들이 눈에 들어왔고, 내가 가지지 못한 아름다움이 눈에 들어왔기 때문이다. 외출을 하기 위해 한참 동안 옷을 고르고, 화장을 하고, 머리를 매만지는 일은 번거로웠고, 수백 가지의 옷과 화장품을 검색하고 비교하는 일은 귀찮았다. 귀찮은 일이라 하더라도 꾸민 내 모습이 만족스러우면 보람이라도 있을 텐데, 어쩐지 나는 꾸밀수록 더 불행해지는 것 같았다.

'도대체 무엇을 위해서, 누구를 위해서 이러고 있는 걸까?'

공허했다. 왜 공허한지 알 수 없었지만 확실한 건 변화가 필요하다는 것이었다. 내 삶이 만족스럽지 않으니까.

그러던 중 책 속에서 한 문장을 만났다.

> 벗어야 할 코르셋이 무엇부터 무엇까지를 의미하는지는 그것을 입은 상태에서는 알 수 없다. 알기 때문에 벗는 것이 아니라 벗어야 알게 된다.
>
> – 이민경, 『탈코르셋: 도래한 상상』

선을 넘어봐야 내가 어떤 선을 넘지 못하고 살아왔는지, 그 선이 나를 어떻게 가두고 있는지 알 수 있다는 말이 인상적이었다. 나는 선을 넘어보기로 했다. '꾸미지 않는 노력'을 해보는 것으로.

그냥 짧게 잘라주세요

가장 먼저 향한 곳은 미용실이었다.

"짧게, 아주 짧게 잘라주세요."

호기롭게 말했지만 막상 숭덩숭덩 잘려나가는 머리카락을 보고 있자니 가슴이 두근댔다. 이렇게 막 잘라도 되나? 너무 못생겨지면 어쩌지? 이 머리를 보고 사람들이 뭐라고 할까? 아니, 그 전에 일단 나부터가 내 모습을 감당할 수 있을까?

그동안 미용실에 가는 목적은 말 그대로 '미용'에 있었다. 좀 더 예뻐지고 싶어서. 새로운 머리 스타일을 한 내 모습이 괜찮으면 기분이 좋아지니까. 하지만 이번에는 단지 긴 머리를 짧게 잘랐을 뿐이었다. 거울 속에 보이는 내 모습은 확실히 전보다 촌스러워 보였다. 예뻐지지 않았으니 기분이 좋지는 않았지만, 애초에 예뻐질 목적으로 미용실에 간 것도 아니었기에 딱히 나쁘지도 않았다. 기대를 안 하니 기분이 좋을 것도, 나쁠 것도 없었다.

한결 가벼워진 머리카락을 툭툭 털어내며 생각했다.

'이게 뭐 그리 어렵다고……'

한 번도 넘어보지 않은 선을 넘으니 '에라, 모르겠다' 하는 마음이 들었다. 그날을 시작으로, 변화가 도미노처럼 이어졌다. 촌스러운 머리와 세련된 화장은 어울리지 않으니 몇 개 없던 화장품마저 모두 비워냈고, 하늘하늘한 치마와 원피스도 비워냈다. 입지 않을 옷을 하나둘 비우다 보니 '다른 옷도 비워볼까' 싶은 마음이 들어 과감하게 옷장을 열었다.

나는 그동안 옷을 통해 내가 닮고 싶은 이미지를 표현했다. 귀엽게 보이고 싶다는 마음이 들면 귀여워 보이는 옷을 구입했다. 좋아하는 이미지를 수집하듯이 옷을 수집했고, 새로 산 옷들을 바라보고 있는 것만으로 기분이 좋아졌다. 그러나 내가 옷을 살 때 생각하지 못했던 건, 그 옷을 관리하고 보관하는 데 들어가는 수고스러움이었다. 옷 하나를 찾기 위해 장롱 깊숙이 손을 집어넣어 뒤적거리고, 마음에 드는 코디를 하기 위해 수십 개의 옷을 입고 벗은 뒤 쑥대밭이 되어버린 방을 정리하고 나면 외출도 하기 전에 이미 피곤해졌다.

옷장 속을 샅샅이 살펴보니 아끼긴 하지만 자주 입지 않는 옷이 대부분이었다. 잘 입지 않는 옷은 냉정하게 비워내기로 결심했기 때문에 옷 한 무더기를 주변 사람들에게 나누거나 버렸다.

'이렇게 잘 입지도 않고 버릴 거였으면 애초에 그 돈 주고 사지 않는 거였는데……'

하나씩 옷을 비워낼 때마다 마음이 따끔거렸다. 그동안 어리석은 소비를 했다는 것을 인정하는 게 이렇게까지 쓰라린 일일 줄이야. 이 경험을 하고 난 뒤, 나는 더 이상 예전처럼 옷을 사지 않는다.

골라 입지 않는 즐거움

옷장을 정리한 후로는 '나에게 꼭 필요한 옷'이 무엇인지 스스로에게 묻고 신중하게 답한다. 필요를 채워주는 옷을 이미 가지고 있다면 새 옷을 들이지 않는다. 새 옷이 필요하다면 활동하기에 편안하고 관리가 까다롭지 않은지, 오랫동안 입을 수 있을 만큼 튼튼한지 꼼꼼하게 살핀다. 그런 다음 내 취향에 어긋나지 않으면 산다. 예전에는 예쁜 옷이라면 무조건 사고 봤는데, 이제는 실용도와 내구성을 더 중요시한다. 필요한 옷만 가지고 살아가겠다고 결심하니 나에게 필요한 옷이 생각보다 많지 않다는 걸 깨달았다. 여름에는 시원한 옷, 겨울에는 따뜻한 옷, 봄과 가을에는 너무 춥지도, 덥지도 않은 옷 한두 벌 정도만 필요할 뿐이다. 그럼 스무 벌 남짓의 옷으로 사계절을 지내기에 충분하다.

그렇게 나는 계절마다 상하의 서너 벌만 가지고 살아가고 있다. 불과 2년 전까지만 해도 기분에 따라 옷을 골라 입는 즐거움 없이 어떻게 살 수 있을지 감히 상상도 못 했다. 하지만 막상 이렇게 살아보니 완전히 다른 즐거움이 있다.

옷이 많을 때는 꽉 차 있는 옷장 앞에서 늘 '입을 옷이 없다'며 한숨을 쉬곤 했다. 반면 지금은 오히려 그런 생각이 들지 않는다. 고를 수 있는 옷이 없다는 게 아쉽지 않고 오히려 고르지 않아도 되어서 마음이 가뿐하다. 수많은 옷 가운데 지금 내 마음에 쏙 드는 옷을 고르기란 힘든 일이지만, 한두 벌 중에서 고르는 건 전혀 어렵지 않다.

나는 여름에 외출복으로 딱 한 벌의 블라우스를 입는다. 바람이 잘 통하는 얇은 린넨 원단의 블라우스로, 내가 직접 디자인하고 의상실 선생님이 손수 만들어주신 세상에 하나뿐인 옷이다.

수제로 꼼꼼하게 바느질된 옷이니 굉장히 튼튼하고 어깨, 가슴 사이즈 모두 내 몸에 맞춰 만들어서 입었을 때 무척 편하다. 옷장을 비워낼 때도 이 블라우스만큼은 유일한 여름 외출복으로 살아남았다. 여름이 다가올 즈음 여름옷이 보관된 박스를 열어 이 블라우스를 만나면 무척 반가운 마음이 든다. '올해도 잘 지내보자' 하며 블라우스를 꺼내 조물조물 정성껏 빨래를 하고 옷걸이에 조심스럽게 걸어둔다. 애착이 깊은 옷인 만큼 여름 내내 하나만 입어도 전혀 질리지 않는다.

옷가지 수를 줄이면 자연히 자기가 정말 좋아하고 즐겨 입는 옷만 남게 마련이다. 내가 가진 스무 벌 남짓의 옷은 까다로운 기준을 몇 차례 통과해 살아남은 물건이다. 그러니 매일 같은 옷을 입어도 아쉬움이 없다. 또 매일 같은 옷을 입으면 옷에도 정이 든다. 하나의 옷과 함께하는 시간이 길어질수록 그 옷에는 추억이 쌓인다. 계절이 지나가면 '그동안 고마웠어!' 하며 고이 접어 박스에 넣어주고, 계절이 돌아오면 '다시 만나서 반가워!' 하며 포옥 껴안아준다. 좀 우스워 보이지만, 지금 나는 내가 가진 모든 옷에게 어느 때보다 진심이다.

앞으로도 나는 어떤 옷을 얼마나 가지고 있는지 말할 수 있는 정도로만 소유하고 살고자 한다. 그 이상의 옷을 소유하게 되면 옷 한 벌 한 벌에 애정을 갖지 못하고 자주 입지 못하게 된다. 나는 자주 입어주는 게 곧 잘 입는 거라고 생각한다. 그게 옷의 존재 이유니까. 이렇게 옷 한 벌 한 벌을 소중히 여기며 살뜰하게 관리하다 보면, 딱히 다른 옷에 눈길이 가지 않는다. 새 옷 앞에서 살까 말까 한참 동안 고민하지 않게 되고, 괜히 샀다고 후회하는 일도 없다. 관심이 없으니 사지 못해 아쉬워하는 일도 없다. 그렇게 나는 유행하는 옷이 무엇인지도 모르는 특이한 젊은이가 되었다.

꾸밈과 보살핌 사이 균형 잡기

꾸미지 않는 삶은 정말로 편했다. 머리를 손질하는 시간, 화장하는 시간, 옷을 고르는 시간을 덜어내니 나갈 준비를 하는 데 드는 시간이 한 시간 20분에서 20분으로 줄었다. 화장품, 옷, 머리 스타일을 검색하며 어떻게 꾸밀지 고민하는 시간이 사라졌고, 예쁘고 날씬한 사람들을 보며 비교하는 일도 없어졌다.

한창 꾸밈에 신경 쓸 때 나를 가장 힘들게 하는 건 '꾸며봤자

저 사람보다 예뻐질 수 없어'라는 생각이었다. 아무리 예뻐지려고 노력해봤자 나보다 예쁜 사람은 넘쳐났고 그때마다 자신감이 뚝뚝 떨어졌다. 하지만 꾸미는 길에서 벗어나니 다른 사람과 나를 비교하면서 내가 더 낫다는 생각이 들지도 않았고 내가 더 못나다는 생각이 들지도 않았다. 그저 나는 나고 저 사람은 저 사람일 뿐이었다. 나는 원래의 모습보다 더 예뻐질 수 없다는 것을 받아들였고, 그냥 내 얼굴 그 자체를 보았다. 아주 예쁘지도 않고 아주 못나지도 않은, 그저 오랫동안 함께해서 너무나 친숙한 얼굴, 그게 다였다. '아름다운 외모를 가진 여성'이란 목표가 사라지자 나는 이전보다 덜 피곤해졌고 더 단순해졌다.

다만 여기엔 한 가지 시행착오가 있었다.

어느 날, 엄마에게 마사지를 받은 적이 있다. 말없이 내 몸을 만져주던 엄마가 한참 뒤 조심스레 입을 열었다.

"하윤아, 엄마가 네 몸을 만지면서 마음으로 눈물이 났어. 몸이 많이 거칠어졌더라."

그때 나는 '꾸미면 지는 거다'라는 엉뚱한 고집에 빠져, 모든 화장품을 극단적으로 끊었다. 샴푸도, 스킨 로션 같은 기초화장품도 일절 쓰지 않았다. 겨울철 건조해진 발바닥이 갈라지고 찢어져도 전혀 심각하게 받아들이지 않았다.

엄마의 걱정스러운 말을 듣고 나서야 뭔가 잘못된 방향으로 나아가고 있었다는 걸 깨달았다. '꾸며야 한다'는 과거의 강박이 '꾸미면 안 된다'라는 강박으로 변질되어 내 몸이 필요로 하는 최소한의 보살핌조차 거부하고 있었다. 나를 걱정하는 엄마에게도, 내 몸에게도 미안해졌다.

이후로는 내 몸이 꼭 필요로 하는 것을 살피기 시작했다. 스킨, 로션, 보습크림, 선크림을 조금씩 사용하기 시작했고, 천연비누로 머리를 감기 시작했다. 화장품을 비워낼 때만큼이나 이 과정은 혼란스러웠다. 어떤 이는 화장품을 쓰지 않는 것이 몸에 좋다고 이야기했지만 내 몸은 '그게 아닐지도 모른다'고 이야기하고 있었으니, 그 사이에서 어떻게 해야 할지 몰라 갈팡질팡했다.

나는 여전히 '꾸밈'과 '관리' 사이에서 나에게 맞는 균형을 찾아나가고 있다. 누군가 내게 샴푸, 스킨, 로션을 왜 다시 쓰게 되었냐고 물으면 달리 할 말이 없다. 그저 이것도 해보고 저것도 해보고, 정도를 조절해가면서 내 몸이 편안한 방향으로 나아가고 있다고 할밖에는. 이제는 내 삶을 '꾸미는 삶' 혹은 '꾸미지 않는 삶'이라고 정의 내리지 않는다. 그저 내 몸에 필요한 것이 무엇인지 살피며 변화에 열려 있으려고 한다. 거울을 외면하지도 않고, 거울에 빠져 있지도 않으며.

아름다운 사람이 된다는 것

'아름다운 사람'을 생각하면 떠오르는 얼굴들이 있다.

3년 전, 교토를 여행하고 있을 때였다. 버스를 타고 멍하니 창 밖을 바라보고 있는데 문득 한 얼굴에 마음이 이끌려 한참을 바라보았다. 층을 내지 않은 단발머리에 헐렁한 교복을 입고 어슬렁어슬렁 걷고 있는 학생이었다. 맑은 눈동자를 지닌 그의 얼굴은 꾸민 흔적 하나 없었지만, 한참 동안 눈길을 거둘 수 없을 만큼 아름다웠다.

어느 날엔 비구니 스님을 보고 비슷한 아름다움을 느꼈다. 스님들은 눈 속에 묻힌 시금치를 조심조심 캐내며 행복해했다. 얼굴에는 화장기 하나 없고, 머리는 삭발을 했으며, 회색빛의 펑퍼짐한 옷을 입고 있었다. 그들의 환한 미소를 보는데 나도 모르게 "아름답다……"라는 말이 입 밖으로 나왔다. 그 아름다움을 닮고 싶었다. 하지만 그 아름다움은 눈에 보이는 것이 아니었다. 저런 아름다움은 대체 어디서 나오는 걸까. 아마도 '더하지 않음'에서 오는 아름다움이 아닐까. 교토에서 만난 그 학생은 어른처럼 보이게 화장을 하지 않고 딱 그 나이의 수수한 모습으로 살아가고 있었고, 비구니 스님은 어떤 역할을 수행하기 위해 옷을 입거나 인위적으로 표정을 꾸며내지 않고 그저 삶을 살아가는 한 사람으로 투명하게 살아가고 있었다. 그들은 다른 사람이 아닌 있는 그대로의 자기 자신으로 살아가고 있었다. 나는 궁금했다. 나에게도 그런 아름다움이 있을까?

여행을 하던 어느 날, 이 물음에 대한 답이 떠올랐다. 나는 여행을 할 때 무척 행복해진다. 그날도 세상은 참 아름답고, 삶은 기쁘고 행복한 일들로 넘쳐난다고 생각하며 충만해 있었다. 그날 저녁, 숙소에 돌아와 거울을 보는데 문득 환하게 웃고 있는 내 얼굴이 참 예쁘게 피어 있다는 생각이 들었다. 나의 웃는 얼굴이 예쁘다고 생각한 건 처음이었다. 깊은 팔자주름과 인디언 보조개로 인해 웃을 때마다 얼굴에 주름이 자글자글해져서 하회탈 같아 보이는 게 늘 부끄러웠기 때문이다. 하지만 그 순간, 내 미소는 아름다웠다. 그때 알았다. 눈이 크고 코가 오똑하고 피부가 깨끗하고 다리가 날씬하고 뱃살이 없어야 아름다워지는 게 아니라, 삶이 만족스럽고 행복할 때 아름다워진다는 것을.

그렇다면 나의 삶을 만족스럽고 행복하게 만들어주는 건 무엇일까. 우선 나를 진심으로 지지해주고 사랑해주는 가족과 이웃 친구들 곁에 있을 때 나는 행복하다. 그리고 내가 하고자 하는 일에 한껏 빠져들어 어려운 일을 하나씩 헤쳐나갈 때 사는 게 재미있다. 세상의 속도가 아닌 내 속도대로 살아갈 때 마음이 평안하다. 그럴 때, 아름다운 얼굴이 된다.

'아름다움'을 이전과 다르게 받아들이게 되면서, 어떤 사람을 아름답다고 느끼는지가 달라졌다. 이제는 외모가 뛰어나고, 직급이 높고, 돈이 많은 사람이 그다지 근사해 보이지 않는다. 내가 아름답다고 생각하는 사람은, 세상의 인정은 받지 못해도 가까운 이들로부터 진심 어린 존경을 받는 사람이다. 자기를 위해 남을 해치지 않는 사람, 세상이 인정하는 가치를 추구하기보다는 자신이 추구하고 싶은 가치를 소신 있게 따르는 사람이다. 그들의 눈빛은 또렷하게 빛나고, 자신만의 고유한 언어가 있으며, 유연하면서도 단단하게 삶을 살아간다. 그런 아름다운 사람들이 세상 구석구석에서 살아가고 있다. 나도 그런 아름다움을 풍기는 사람이 되고 싶다.

이제는 내 삶을 ‘꾸미는 삶’ 혹은

‘꾸미지 않는 삶’이라고 정의 내리지 않는다.

그저 내 몸에 필요한 것이 무엇인지 살피며

변화에 열려 있으려고 한다.

거울을 외면하지도 않고,

거울에 빠져 있지도 않으며.

무엇을 할 때 살아 있다고 느끼나요?

좋아하는 일을 계속 지켜내는 힘

하윤

좋아하는 일이 싫어져버렸다

중학생 때부터 영상을 촬영하고 편집하는 걸 좋아했다. 내가 보여주고 싶은 장면과 소리를 영상으로 만들면 굳이 말로 설명하지 않아도 나의 시선을 보여줄 수 있다는 게 매력적으로 다가왔다. 그래서 대학교에 가서 영상을 좀 더 깊게 배우기로 했다. 오랫동안 꿈꾸었던 일을 하고 있으니 하루하루가 설레고 재미있었다. 수업을 듣는 내내 비실비실 웃음이 새어 나왔고, 영상 작업이라면 밤새워 해도 좋았다. 고등학교 3년 동안 하기 싫은 공부를 억지로 했던 것에 비하면 좋아하는 일을 하고 있는 지금은 행복하지 않을 이유가 없었다.

하지만 시간이 갈수록 체력이 힘에 부쳤다. 학교생활은 쉴 새 없이 바쁘게 흘러갔고, 그러는 와중에 밤새워가며 시나리오를 쓰고 촬영하고 편집해서 단편영화 한 편을 겨우 만들었다.

그렇게 긴 시간 내가 쌓아온 노력은, 영상을 보고 난 교수님의 짤막한 평 하나로 물거품이 되었다.

"형편없는데?"

한 학기가 끝나고 내게 남은 건 엉망이 되고 만 성적표와, 아무것도 하고 싶지 않은 지친 마음뿐이었다. 그토록 좋아하던 영상이 싫어지고 말았다.

나를 둘러싼 세상은 고속열차처럼 빠르고 거세게 질주하는 것 같았다. 사람들은 모두 그 열차에서 바쁘게 일하면서도 더 빨리, 더 많이 일하려 했다. 어느 누구도 그만 멈추라고 이야기하지 않았고, 그래서 나도 그렇게 살아야 한다고 생각했다. 잠자는 시간까지 아껴가며 정신없이 살아가는 친구들을 보며 '나도 저렇게 알차고 보람차게 하루를 보내야 할 텐데……' 자괴감을 느끼며 풀이 죽었다. 몸은 늘 쉬고 싶다 외쳤지만 그러면 안 될 것 같아 계속 달렸다. 그러다가 풀썩 쓰러졌고 다시 일어날 수 없었다.

더는 무엇을 해야 할지, 어디로 가야 할지 알 수 없었다. 그때 내가 원했던 건 그저 텅 빈 시간뿐이었다. 숨 가쁜 일상에서 벗어나 아무것도 하지 않아도 되는 곳으로 숨고 싶었다. 나는 이리저리 목적 없이 헤매기 시작했다. 스페인 바르셀로나로 무작정 떠나서는 사진을 찍고 글을 썼다. 한국으로 돌아와서는 그림을 그리고 필름카메라로 사진을 찍고 엽서가게에서 일을 했다. 그렇게 번 돈을 가지고 태국 치앙마이에 갔고, 그곳에서 우연히 '북바인딩'이라는 손기술을 만났다. 종이를 반듯하게 접고, 송곳으로 구멍을 뚫고, 실과 바늘로 한 땀 한 땀 엮어 세상에 단 하나뿐인 노트를 만들었다. 노트 하나를 만들고 나면 두 시간이 훌쩍 지나 있었다. 움직이는 손에 마음을 모아 집중하고 있노라면 머릿속 시끄러운 생각들도 어느새 잠잠해졌다. 한국으로 돌아와서도 북바인딩을 계속하고 싶은 마음에 집 한구석에 작업실을 만들어 계속 노트를 만들었다.

나는 느리게 살고 싶었다. 정확하게 말하자면 내 속도에 맞게 살고 싶었다. 조급하지 않게, 하고 싶은 일에 충분한 시간을 쏟고, 어떤 경험이든 충분히 깊이 느끼며 살아가고 싶었다. 북바인딩을 할 때는 그렇게 살아가고 있는 것 같았다.

너무 열심히 하지 않는다

나에게 북바인딩은 선물 같은 일이었다. 그러므로 좋아하는 일이 또다시 싫어지지 않도록 잘 지켜내고 싶었다. 내가 가장 중요하게 생각한 원칙은 '너무 열심히 하지 않는다'였다. 조금이라도 일이 힘들다고 느껴질 때면 단호히 멈추었다. 아무리 돈을 많이 벌 수 있다고 해도 벅찰 것 같다고 느껴지는 일이면 거절했다. 물 들어올 때 노를 젓는 대신, 반대로 노를 내려놓는 꼴이었다.

학창 시절 선생님이 이런 말을 했다. '좋아하는 일 하나를 하기 위해서 싫어하는 일 아홉 개를 해야 한다'고. 하지만 나는 그렇게 일하고 싶지 않았다. 나는 좋아하는 일을 할 때 얻는 에너지보다 싫어하는 일을 할 때 빼앗기는 에너지가 훨씬 큰 사람이다. 이런 내가 싫어하는 일 아홉 개를 하고 있다가는 좋아하는 일 하나마저 싫어질 것이었다. 나는 싫어하는 일을 피하는 데 좀 더 신경을 썼다. 예를 들어 노트가 꼭 필요하지 않은 사람에게까지 어떻게 해서든 노트를 판매하려고 노력하지 않았다. 그렇게 하나라도 더 판매하려고 애쓰는 일이 나로선 즐겁지 않은 일이었기 때문이다. 북바인딩으로 먹고살기 위해서는 돈 벌 궁리도 해야 한다는 걸 알고 있었지만, 돈 벌 궁리만 하고 있다가는 아무래도 이 일을 싫어하게 될 것 같았다. 돈 버는 방법보다 내가 좀 더 좋아하는 일, 이를테면 어떤 노트를 만들지 고민하는 일에 좀 더 집중했다. 큰돈은 못 벌어도 북바인딩을 좋아하는 마음만큼은 지켜낼 수 있었다.

어른들은 내게 말했다. 좋아하는 일을 하면 행복해진다고. 그 말은 맞았다. 하지만 영상을 만들며 누구보다 행복했던 나는 그 좋아하는 마음을 지켜내지 못했을 때 불행해졌다. 어른들이 말해주지 않은 것은, 좋아하는 일이 싫어지지 않도록 잘 지켜내는 법이었다.

일이 삶을 넘어서는 순간 나는 지쳐버렸다. 일 밖에도 삶을 이루고 있는 것들이 있다. 산책하고, 밥을 먹고, 대화를 나누고, 운동을 하고, 여행하는 시간을 놓치면 아무리 좋아하는 일을 한다고 해도 내 삶은 즐겁지 않았다. 그래서 나는 이제 너무 열심히 하지 않는다. 하루에 네 시간 이상 일하지 않고, 나를 힘들게 만드는 일은 피할 수 있으면 피한다. 얼핏 게으르고 나약해 보이지만, 이 노력 덕분에 7년째 여전히 즐겁고 행복한 마음으로 이 일을 하고 있다. 북바인딩을 좋아하는 내 마음을 지키며 일하고 있다는 것만으로 '일을 잘하고 있다'고 느낀다. 얼마나 버는지와 상관없이 말이다.

내가 하는 일은 나 자신이 아니다

좋아하는 일에 집중하며 고요히 살아가던 어느 날, 현우가 느닷없이 '유튜브를 해보고 싶다'고 했다. 그 순간, 아픈 기억이 생생하게 떠올랐다. 내가 만든 영상을 보고 '형편없다'고 말하는 교수님, 그 앞에서 눈물을 꾸역꾸역 참다가 뛰쳐나와 복도 구석에서 펑펑 울었던 기억. 이후로 나는 나를 '형편없는 영상을 만드는 사람'이라고 생각했고 영상을 만드는 일에서 완전히 손을 뗐다. 그런 내가 다시 영상을 만든다니.

처음에는 그저 현우를 돕는 정도로만 시작했다. 영상을 통해 우리가 어떻게 살아가고 있는지 보여주고, 왜 이렇게 살아가는지 이유를 나누었다. 어떤 사람들은 부정적인 댓글을 남기기도 했다. '남과 다른 삶을 살아가고 있다는 것에 자부심을 가지고 가르치려 들지 말라'는 이도 있었고, '그냥 돈 없는 걸 가지고 철학 있는 미니멀 라이프로 포장한다'는 이도 있었다. 이런 반응을 마주할 때마다 심장이 쿵, 하고 떨어졌다.

'그런 말이 아닌데……'

몸이 뻣뻣해졌고, 속이 꽉 막혔고, 얼굴이 빨개지며 화가 났다. 아흔아홉 개의 좋은 댓글이 있어도 한 개의 부정적인 댓글을 마주하면 나는 금세 슬퍼지고 작아졌다. 교수님으로부터 형편없다는 소리를 듣고 마음이 산산조각 났던 그때와 같은 마음이었다. 타인의 부정적인 평가를 어떻게 흘려보내야 하는지, 나는 여전히 알지 못했다.

그러던 어느 날, 책에서 한 문장을 만났다.

> 그 책을 쓴 건 여기 있는 내가 아닙니다.
>
> – 틱낫한, 『지금 이 순간이 나의 집입니다』

어떤 사람이 20년 전에 나온 책에 있는 한 문장에 대해 질문했을 때, 책을 쓴 틱낫한 스님이 한 대답이다. 그 대답에 시선이 오랫동안 머물렀다. 이 문장은 내게 이렇게 말하고 있었다.

'하윤, 네가 하는 일이 너 자신이라고 생각하지 마. 네가 만든 영상, 네가 만든 노트, 네가 쓴 글, 네가 한 말들은 그저 너의 일부일 뿐, 너의 전부가 아니야. 너의 결과물이 부족하다고 해서 네가 부족한 사람이라는 건 아니야.'

나는 내가 하는 일이 나 자신이라고 여겼고, 그 일에 대한 평가를 곧 나 자신에 대한 평가라고 여겼다. 그러니 어떤 일을 하든 마음이 부담스러울 수밖에 없었다. 일을 완벽하게 해내려고 애썼고, 그렇게 힘을 다 소진한 나머지 일이 끝나면 지쳐 쓰러지기 일쑤였다. 성취감을 느낄 새도 없었다. 유튜브를 할 때는 평소보다 마음이 더 힘들어졌다. 영상을 올리면 바로 확인할 수 있는 조회 수 때문이었다. 나는 이 숫자에 따라서 영상의 가치를 판단해 버렸다. 모든 영상에 진심을 다했음에도 막상 조회 수가 낮으면 실패한 영상이라고 생각하며 우울해하곤 했다.

'내가 하는 일이 나 자신과 동일하지 않다'는 스님의 말은 이런 나의 태도가 잘못되었음을 깨닫게 했다. 타인의 평가는 나의 작업물을 향한 것이지, 나를 향한 것이 아니다. 그걸 받아들이자 타인의 의견을 듣는 것이 이전보다 덜 두려워졌고, 일하는 마음도 한결 가벼워졌다. '실수하지 않고 잘해야 한다'는 마음 때문에 매번 나를 갈아 넣으며 일했는데, 그런 습관도 조금씩 변해갔다. 체력의 한계를 느낄 때까지 일하지 않고, 적당한 선에서 만족하고 일을 마무리 지을 수 있게 되었다.

그렇게 나는 영상과 새로운 관계를 맺기 시작했다. 영상 만드는 일이 다시 재미있어졌다. 영상을 사랑하게 된 첫 마음, '내가 하고 싶은 이야기를 영상이라는 그릇에 담아서 전하는 즐거움'이 다시 살아났다. 그 즐거움은 그때나 지금이나 변함이 없었다. 그렇다면 어째서 즐거움이 괴로움으로 변했던 걸까? 그건 내가 과정에서의 즐거움을 누리기보다는, 결과에 따르는 평가에 더 집중했기 때문일 것이다. 결과로부터 '내가 잘하고 있다'는 사실을 확인받고 싶어 할 때 나는 상처를 받았다. 영상이 내게 상처 준 것이 아니라, 내가 영상이라는 도구를 잘 다루지 못해 스스로에 상처 준 것이다.

여전히 나는 내가 하는 일과 나 자신을 동일하게 생각하고 쉽사리 괴로워한다. 하지만 그럴 때마다 일과 나는 동일하지 않다는 걸 떠올리며 건강한 마음으로 일하기 위해 노력한다. 내가 어찌할 수 없는 성과나 타인의 반응을 기대하지 않고, 그저 내게 즐거운 방식으로 일하고자 한다. 물론 결과를 전혀 신경 쓰지 않을 수는 없지만, 결과에 너무 빠져 있지 않으려고 한다. 결과는 확실하게 '성공' 아니면 '실패'를 말하기 때문에, 과정에서 느꼈던 기쁨과 슬픔, 즐거움과 어려움을 잊어버리게 만든다. 그러니 과정을 신경 써서 기억하지 않으면 내가 한 일의 가치를 단순히 성과에 따라 판단해버리기 쉽다. 결과에 따라 과정의 가치를 과소평가하지 않는 것, 좋아하는 일을 지켜내는 또 하나의 방법이다.

하면서 즐겁다면 그 자체로 성공이다

지금 우리는 난생처음으로 책을 쓰고 있다. 출판사로부터 '책을 써보지 않겠냐'는 메일을 받았을 때, 사실 많이 두려웠다.

'책을 쓸 만큼 삶이 깊지도 않고, 글 쓰는 능력도 부족한데 내가 어떻게 책을 써…….'

그 마음 때문에 제안을 거절하려고 했다. 나의 부족한 모습이 공개되어 사람들에게 욕을 먹고 싶지 않았다.

이 마음을 현우에게 전하니, 현우는 내게 이렇게 말했다.

"너는 글 쓸 때 행복하잖아."

그렇다, 나는 글로 생각을 정리하고 삶을 표현할 때 즐겁다. 단지 욕먹고 싶지 않다는 이유로 즐거움을 누릴 수 있는 기회를 포기하려고 했던 것이다. 다시 편집자님의 메일을 열어보았다. 그는 우리의 삶을 궁금해했고 우리의 이야기를 듣고 싶어 했다. 그 마음이 그제야 보였고, 참 감사했다.

'아무리 잘 써도 먹을 욕은 먹을 거고, 언제 써도 내 글은 부족

할 거야.'

흠 없는 인간이 어디에 있을까. 다만 뭔가를 해보고 자신의 부족함을 알아차리며 조금씩 나아질 수 있을 뿐이다. 누구나 서툴고 부족하지만, 다른 사람에게 도움이 될 만한 모습도 분명히 있다. 나의 이야기를 듣고 싶어 하는 사람이 있다면, 그에게 나의 이야기가 도움이 될 수 있다면, 책을 쓸 이유는 충분했다. 쓰는 내내 숨고 싶은 마음이 없었다면 거짓말이지만, 우리의 이야기를 따뜻한 마음으로 읽어줄 사람들을 생각하며 최선을 다하고 있다. 글을 쓰는 지금이 참 좋다.

나를 살아 있게 만드는 일

북바인딩도, 영상 제작도, 글을 쓰는 일도, 모두 계획하지 않고 그저 우연히 뛰어든 일이다. 앞으로 이 일들을 계속할지도 모르겠고, 어떤 새로운 일을 하게 될지도 모르겠다. 그런데 '모른다'는 사실이 나를 불안하게 만들지는 않는다. 오히려 기대가 된다. 어떤 일을 하든 내가 좋아하는 일을 하게 될 테니까.

이제 나는 어떤 직업을 갖는지가 별로 중요하지 않다. 그보다는 내가 어떤 일을 할 때 생기가 도는지 알고, 그러한 일들의 본질을 발견하는 게 더 중요하다고 믿는다. 내가 발견한 '나를 즐겁게 하는 일'의 본질은 '빛을 받지 못하고 있는 반짝이는 것들을 발견하여 빛을 비추어주는 일'이다. 가령 잊혀가는 옛 손기술인 북바인딩을 이어가는 일, 활판 인쇄나 목판화, 서예에 관심을 가지고 그것의 가치를 글이나 영상으로 기록하는 일, 평범한 사람에게서 빛나는 모습을 발견하여 그의 가치를 영상에 담아내는 일. 일의 이름도 성격도 제각기 다르지만 나에게 이 일들의 본질은 같다. 가치 있다고 느끼는 것에 빛을 비추어주는 일, 그것이 내가 하고자 하는 일의 본질이다.

내가 하고자 하는 일의 본질을 알기까지는 긴 시간이 필요했다. 우선, 내가 어떤 사람인지 규정 짓지 않고 어떤 경험이든 했다. 그러면서 나를 '살아 있다'고 느끼게 만들어주는 일들의 공통점이 무엇인지 질문하며 파고들었다. 일상을 살아가면서, 여행을 다니면서, 일을 하면서, 관계를 맺으면서, 자꾸 마음이 이끌리는 일들이 무엇인지 살펴보다 보면 내가 진정으로 하고 싶은 일이 무엇인지 어렴풋이 알 수 있었다.

내가 발견한 나의 쓸모

세상은 내가 어떤 일을 하면서 살아가고 싶은지 스스로 알아갈 수 있는 충분한 시간을 순순히 허락해주지 않았다. 더 바쁘게 일해야 살아남는다고, 그러니 경쟁에서 앞서가라고 다그쳤다. 그럴듯한 직업을 가지고, 돈을 많이 버는 삶이 행복한 삶이라고, 그런 삶을 살아야 한다고 말하는 듯했다. 그러나 나는 느리게 걷는 사람이고, 누군가와 경쟁하며 살아가고 싶지 않았다. 세상이 권하는 일들은 모두 내 마음이 내키지 않는 일들이었다. 내가 소화하기엔 너무 바쁘고, 빠르고, 거대한 일이었으니까. 자꾸 어그러지는 세상과의 관계에서 나는 하고 싶지 않은 일들만 자꾸 늘어났다. 이런 내가 세상에서 어떻게 살아남을 수 있을지, 주변 사람들을 비롯해 나조차 내가 걱정이 되었다.

> 필요 이상으로 바쁘고, 필요 이상으로 일하고, 필요 이상으로 크고, 필요 이상으로 빠르고, 필요 이상으로 모으고, 필요 이상으로 몰려 있는 세계에 인생은 존재하지 않는다. 진짜 인생은 삼천포에 있다.
>
> – 박민규, 『삼미 슈퍼스타즈의 마지막 팬클럽』

'삼천포로 빠지다'라는 말이 있다. 잘 나가다가 엉뚱한 길로 빠지는 모습을 표현할 때 쓰는 말인데, 어쩐지 내 인생이 그렇게 느껴질 때 이 책을 만났다. '진짜 인생은 삼천포에 있다'는 책 속의 말이 어찌나 용기가 되던지, 책을 읽는 새벽 내내 기뻐서 눈물을 펑펑 흘렸다. 그때 다짐했다. 사회적 쓸모로 나를 평가하지 말고 내가 나의 가치를 발견하고 가꾸어가며 나만의 쓸모를 발휘하자고. 그렇게 나는 내 마음이 이끌리는 쪽으로 향했다.

지금 나는 나의 쓸모를 안다. 나는 사람이든, 사물이든, 상황이든, 빛나는 모습을 잘 발견한다. 어두운 면보다 밝은 면을 먼저 발견하고, 어두운 면에 실망하기보단 밝은 면에 감탄한다. 빛나는 모습을 잘 발견하는 나는 누군가에게 혹은 무엇인가에 빛을 비추어줄 수 있다. 그런 일을 할 때, 내가 마땅히 해야 할 일을 하고 있다는 느낌이 든다.

나의 고유성은 내 안에 이미 존재하고 있다. 고유성은 없는 걸 만드는 것이 아니라, 이미 존재하고 있는 것을 발견하고 지켜내고 길러내는 것이다. 따라서 나의 빛을 가리고 있는 덮개를 벗겨내는 일이 우선되어야 한다. 삶이 만족스럽지 않다면, 내가 나를 잘 발휘하며 살아가고 있지 않다고 느낀다면, 무엇이 나의 빛을 가리고 있는지 살펴보면 좋겠다.

'어떤 일을 할 것인가.'

이 어려운 질문에 지혜롭게 대답한 사람이 있다.

세상에 필요한 게 무엇인지 묻지 마라. 무엇이 당신을 살아 있게 하는지 물어라. 그러고 나서 그것을 하라. 세상에 필요한 것은 살아 있는 사람들이니까.

- 하워드 서먼Howard Thurman

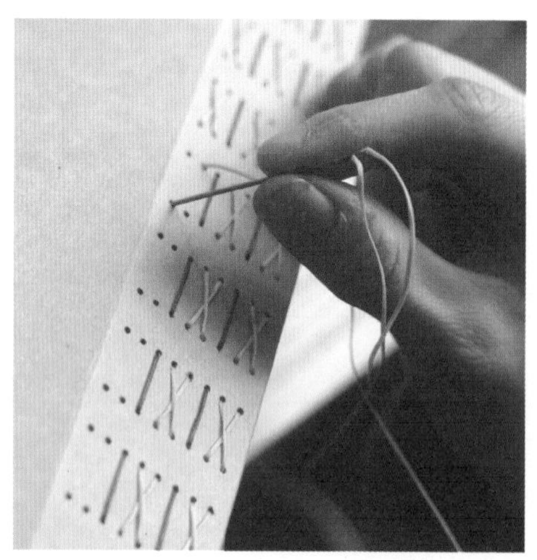

이제는 너무 열심히 하지 않는다.

하루에 네 시간 이상 일하지 않고,

나를 힘들게 만드는 일은 피할 수 있으면 피한다.

북바인딩을 좋아하는 내 마음을 지키며 일하고 있다는 것만으로

'일을 잘하고 있다'고 느낀다.

얼마나 모으면 돈에 끌려다니지 않을까요?

나를 기쁘게 하는 소비에 집중합니다

현우

돈이 많아지면 걱정이 사라질까?

부모님께 용돈을 받던 시절, 우리는 데이트를 할 때마다 조금씩 아쉬운 선택을 했다. 새우카레를 먹고 싶어도 2천 원이 비싸다는 이유로 기본 카레를 먹었고, 커피와 함께 케이크 한 조각을 먹고 싶어도 5천 원이 아까워 커피만 주문했다. 돈을 벌기 시작한 이후에도 돈에 쪼들렸다. 우리는 수제 노트를 만들어서 판매하는 일을 했는데, 일을 시작한 지 얼마 되지 않았을 적에는 생활을 안정적으로 유지할 만큼의 충분한 돈을 벌지 못했다. 그래서 일주일에 한 번씩 통장에 남아 있는 돈, 앞으로 들어올 돈, 곧 나갈 돈을 계속해서 계산해야만 했다. 유난히 흐린 어느 날, 달콤한 쿠키와 진한 커피를 마시고 싶어도 남은 생활비가 걱정돼 참은 적이 적지 않다. 먹고 싶은 것, 사고 싶은 것을 애써 외면해야 했던 그땐 '돈을 많이 벌어서 돈 걱정을 하지 않으면 좋겠다'는 생각을 자주 했다.

하지만, 벌이가 늘어난다고 해서 걱정이 줄어드는 것은 아니었다. 생활을 안정적으로 유지할 만큼의 돈을 벌기 시작했을 때도 돈 걱정은 여전했다. 매달 통장에 들어오는 수입이 들쭉날쭉했기 때문에 그때그때 씀씀이가 달라졌다. 돈이 많이 들어오는 달에는 우리에게 주는 선물이랍시고 외식과 여행을 즐겼고, 적게 들어오는 달에는 머릿속에 '비상! 비상!' 하는 알람이 쉴 새 없이 울렸다. 외식과 여행을 줄이고, 장을 볼 때도 가격을 신경 쓰며 식재료를 들었다 놨다 했다. 통장에 들어오는 돈에 따라 생활의 모양새가 달라졌던 우리는 속절없이 돈에 끌려다니고 있었다.

이전보다 늘어난 수입과 차곡차곡 쌓여가는 비상금이 돈에 대한 걱정을 조금 줄여주기는 했지만, 돈에 끌려다닌다는 느낌에서는 여전히 자유롭지 못했다. 지금보다 돈을 더 벌면 걱정이 사라질까? 잠깐은 가벼워질지 몰라도 걱정은 결코 사라지지 않을 것이다. 들어오는 돈이 줄어들면 걱정은 다시 생겨날 테니까.

우선 나가는 돈이라도 줄여볼 요량으로 가계부를 쓰기 시작했다. 두 달간의 지출을 살펴보니 여행과 식비에 절반 이상의 돈을 쓰고 있었다. 우리는 이 두 가지 항목에 한해 다음 달 쓸 돈을 미리 정하고 그 안에서만 써보기로 했다. 남은 돈을 일일이 확인하며 돈을 쓰는 게 번거롭기는 했지만 씀씀이는 확실히 줄어들었다. 하지만 씀씀이가 줄어든 만큼 일상의 기쁨도 덩달아 줄어들었다. 여행을 가고 싶어도 참아야 했고, 맛있는 것을 먹고 싶어도 참아야 했으니까.

그러던 어느 날, 참았던 불만이 터졌다.

'당장 돈이 없는 것도 아니고 왜 이렇게 참으며 살고 있지? 뭘 위해서?'

돈을 얼마나 쓰면 만족스러울까?

오랜 시간 동안 우리에게 돈은 '아껴야 하는 것'이었다. 그래야 월세를 낼 수 있고, 장을 볼 수 있으니까. 맛있는 과일 대신 저렴한 과일을 사 먹었고, 마음에 쏙 드는 옷 대신 가격이 덜 나가는 옷을 사 입었다. 사고 싶은 것, 먹고 싶은 것이 있어도 '아껴야 한다'는 생각과 '너무 비싸다'는 이유로 참았다. 그렇게 늘 성에 안 차는 소비를 하고 나서 '에잇, 아끼려다 괜히 돈 버렸네' 싶은 순간도 한두 번이 아니었다. 싼 데는 다 이유가 있는 법이니까.

우리는 절약의 방식을 조금 바꿔보기로 했다. 펑펑 쓰지는 않되, 또 너무 아끼려고 애쓰지도 않았다. 먹어보고 싶은 음식이 있으면 가격을 크게 신경 쓰지 않고 먹어보았고, 맛보고 싶은 케이크가 있으면 커피와 함께 주문했다. 마감 떨이로 판매되는 값싼 과일 대신 먹음직스럽고 신선한 과일을 사 먹었다. 그렇게 돈을 쓰다 보니 '이 정도면 충분히 만족스러운데?' 하는 경험이 차곡차곡 쌓여갔다. 평소 먹던 과일보다 조금 더 값을 주니 그 전엔 맛보지 못했던 만족감을 누릴 수 있었다. 물론 더 맛있고 때깔 좋은 과일을 먹을 수도 있겠지만 '딱 이 정도면 됐다' 싶은 과일이면 충분했다. 여행을 갈 때도 무조건 저렴한 숙소보다는 값이 좀 더 나가더라도 원하는 기준에 맞는 곳을 예약했다. 침대가 편안하고 정갈하며 시끄럽지 않은 숙소. 욕실에 욕조가 하나 있으면 그보다 더 좋을 수 없었다. 침대에 누우면 바다가 내려다보이는 방, 훌륭한 조식이 제공되는 호텔도 좋겠지만, 그건 우리에게 꼭 필요한 조건은 아니었다.

외식을 할 때 역시, 평소보다 비싼 요리를 먹으면 당연히 맛있긴 했지만 '이 정도 가격을 주고 또 먹고 싶을 정도는 아닌데?' 싶으면 굳이 돈을 더 쓰지 않았다. 둘 다 미각이 그렇게 예민한 편이 아니어서 고급스러운 코스 요리보다 괜찮은 일식당의 점심 특선이면 충분히 만족스러웠다. 옷을 고를 때도 마찬가지. 나는 패션에 크게 관심 있는 편이 아니어서 색상이 너무 튀지 않고 입었을 때 편안한 옷이면 충분히 만족한다. 그래서 대체로 형이 더 이상 입지 않는 옷을 물려 입는다.

아껴야 한다는 생각을 내려놓고 충분히 만족스러울 만큼 돈을 써보니, 우리가 어디에 많이 지출하고 어디에 아끼는지 알 수 있었다. 가령 여행에만큼은 돈을 아끼지 않는다. 실내에 있기 아까울 정도로 날씨가 좋은 날에 우리는 즉흥적으로 여행을 떠난다. 부지런히 걷고, 이곳저곳을 둘러보고, 맛있는 걸 먹고 마시며 즐거운 시간을 보낸다. 그렇게 쓴 돈은 아깝다는 생각이 전혀 들지 않는다. 또 좋은 물건을 샀다고 느낄 때도 돈이 아깝지 않다. 나는 의자의 편안함에 예민한 편이라 오랜 검색 끝에 꽤 비싸지만 성능이 좋은 의자를 샀고, 지금까지 만족스럽게 사용하고 있다. 매일같이 사용하는 컴퓨터, 청소도구, 침구류, 텀블러 같은 일상 물건들도 까다롭게 검색하고, 가격을 크게 따지지 않고 구입한다.

무엇보다 식재료에 돈을 아끼지 않는다. 소규모 농가에서 기른 신선한 채소와 과일들을 직거래로 구입하고, 요리의 기본이 되는 양념장들은 비싸더라도 맛이 좋은 걸로 고른다. 가족이나 친구들에게 선물하거나 새로운 것을 배우거나 건강을 챙기는 일에도 기꺼이 돈을 쓴다.

반대로 돈이 절약되는 부분 역시 분명하게 알고 있다. 작은 집에서 사는 삶이 충분히 만족스럽기 때문에 굳이 크고 비싼 집에 돈을 쓰지 않고 앞으로도 열 평 내외의 작은 집을 빌려 살거나 직접 지어 살 생각이다. 또 걷거나 자전거를 타거나 대중교통으로 움직이는 것에 전혀 불편을 못 느끼기 때문에 앞으로도 차를 구매하거나 유지하는 데 돈을 쓸 계획이 없다. 스마트폰에도 우리 둘 다 크게 관심이 없어서 가족 중 누군가 교체하고 남은 스마트폰을 물려받아 사용한다. 통신비도 둘이 합쳐 만 원이면 충분하다. 집에서 일을 하기 때문에 많은 양의 데이터나 통화량이 필요하지 않다.

행복해지는 일에는 기꺼이 돈을 쓴다

이렇게 살다 보니 '어디에 돈을 쓰고 어디에 쓰지 않을지'에 대한 우리만의 기준이 명확해졌다. 이 기준을 세워가는 과정에서 '다른 사람들은 어떤 기준을 가지고 살아가는지'는 생각하지 않았다. 다른 이들에게 꼭 필요한 것이 우리에게는 필요 없을 수도 있고, 다른 이들에게 필요하지 않은 것이 우리에게는 꼭 필요할 수도 있기 때문이다. 우리가 언제 웃고 놀라고 즐겁고 만족스러운지 부지런히 살피고, 우리에게 필요한 행복에는 기꺼이 돈을 쓰기로 했다.

지금의 우리는 어디에 얼마큼의 돈을 썼는지, 그리고 소비가 얼마나 만족스러웠는지 살펴보기 위해 가계부를 쓴다. '이건 사지 말았어야 하는데……' 하며 후회하지도 않고, '더 아꼈어야 하는데……' 하며 반성하지도 않는다. 돈을 썼을 당시에 무언가를 사고 싶어 했던 우리의 마음을 부정하지 않기 위해서다. 그저 '이걸 사고 싶었구나' 하며 그때의 마음을 존중해준다. '아끼기 위해서'가 아니라 '얼마나 만족스럽게 썼는지'를 살펴보는 용도로 가계부를 쓰다 보니, 돈을 잘 쓴다는 것이 어떤 의미인지 조금씩 알게 되었다.

우리가 생각하기에 '돈을 잘 쓴다는 것'은 '충분하다'고 느낄 만큼의 만족스러운 소비를 하고, 그 이상의 불필요한 소비는 하지 않는 것이다. 더 좋은 것이 있더라도 '지금의 내가 부족함이 없다 느끼는 지점'을 잘 알면 필요 이상의 소비를 막을 수 있다. 그러기 위해서는 만족과 불만족 사이에서 다양한 경험을 해보며 자기만의 충분한 지점을 찾아야 한다.

이를테면 평수를 좁혀 이사했는데 의외의 간편함을 발견하고 '내 생활 패턴엔 작은 집이 잘 맞네'라고 생각할 수도 있고, 반대로 '역시 집은 크면 클수록 좋아'라는 확고한 기준이 생길 수도 있다. 이처럼 돈을 써서 무언가를 가지거나 경험하면 그에 대한 자기만의 생각이 생긴다. 이 생각이 쌓이면서 자신이 어떨 때 만족스럽고, 무엇을 필요로 하는지 알아가게 된다. 자기 만족의 기준을 분명히 알면 "넌 왜 매일 똑같은 옷만 입어?" 같은 말에 휘둘리지 않고 잘 흘려보낼 수 있다.

충분히 만족스러울 만큼 돈을 썼을 때, 한 달에 얼마나 쓰는지 알게 되면서 자연스럽게 수입에 대한 걱정이 줄어들었다. 돈에 대한 걱정이 커지는 이유는 자신이 몇 살까지 살아 있을지, 언제까지 돈을 벌 수 있을지, 정기 수입이 끊긴 순간부터 죽을 때까지 얼마큼의 돈이 필요한지 등을 모르기 때문일 것이다. 그렇다면 당장 알 수 없는 것은 내버려두고 '한 달에 얼마큼의 돈이 있으면 만족스럽게 살아갈 수 있는지'부터 파악해보는 건 어떨까.

시간이 지나고 상황이 변하면 우리가 쓰는 돈의 규모도 지금과 달라질 것이라는 걸 안다. 하지만, 그리 크게 달라지지 않을 것이라는 것도 안다. 최소한 사치스럽게 살 일은 없을 테니까. 물론 훗날 어떤 변수가 생길지 모르니 돈에 대한 걱정이 말끔히 사라졌다고는 말할 수 없지만, 적어도 내가 덜어낼 수 있을 만큼의 걱정을 덜어낸 것만으로도 만족스럽다.

돈이 없어도 하고 싶은 일을 해낼 수 있는 사람

2천만 원의 여윳돈과 2백만 원의 정기 수입은 우리에게 많은 안정감을 주었다. 우리는 식당에서 가격을 크게 따지지 않고 음식을 주문했고, 커피와 디저트도 마음껏 먹었다. 가족과 친구들에게 마음을 담은 선물을 하며 작은 기쁨을 누렸고, 동네 책방에서 책을 구매하며 손님의 도리를 다할 수 있었다. 돈은 마음의 안정제였고, 우리가 사람 구실을 하며 살아갈 수 있도록 해주었다.

그런데 나는 어쩐지 이런 방식에 종종 공허함을 느꼈다. 이유를 곰곰이 생각해보니 '돈만 있으면 무엇이든지 할 수 있다'는 사실이 내게는 조금 시시하게 느껴진 것 같다. 그럴 때면 돈이 없어서 먹고 싶은 것도 못 먹고, 하고 싶은 것도 쉽게 할 수 없던 옛날의 내가 떠올랐다.

8년 전, 우리는 돈이 한 푼도 없는 상황에서 해외여행을 가고 싶었다. 일단은 돈을 빌려 스페인 바르셀로나로 향하는 편도 티켓을 끊었다. 떠나는 날은 세 달 뒤였다. 세 달 동안 각종 공모전에 참여해서 모을 수 있는 만큼 최대한 모아보기로 했다. 바르셀로나에서는 한국인들을 대상으로 사진을 찍어주며 돈을 벌기로 계획했다. 그렇게 매일같이 공모전 준비와 사진 연습을 반복했다. 감사하게도 몇몇 공모전에 입상했고, 그 돈으로 좋은 카메라를 구입했다. 또 여행 경비에서 가장 큰 비중을 차지하는 숙박비를 아껴보기 위해 몇 곳의 숙소에 제안 메일을 보냈다. 숙소 사진을 깔끔하게 찍어주는 대가로 며칠간 머무르게 해달라는 부탁이 담긴 메일이었다.

그렇게 우리는 우리가 가진 재능과 자원을 활용해 돈 대신 지불할 만한 것이 없을지 끊임없이 궁리했다. 물론 모든 일이 뜻대로 흘러가지도 않았고, 돈 한 푼이면 바로 해결될 일을 멀리멀리 돌아가느라 고생도 많이 했다. 하지만, 지나고 생각해보면 지금보다 덜 풍족했던 그때의 여행이 더 풍성한 기억으로 남아 있다. 그리고 이 경험은 '나는 돈이 없어도 하고 싶은 일을 할 수 있구나' 하는 믿음을 내게 주기도 했다.

지금 내가 누릴 수 있는 즐거움

"그럼 돈이 없던 그때로 돌아가고 싶어?"

누군가 내게 이렇게 묻는다면 그렇지는 않다. 돈이 없어서 하게 된 경험들이 즐겁고 행복했듯, 돈이 생겨서 누리는 지금의 경험에도 또 다른 재미와 즐거움이 있기 때문이다. 그중 가장 큰 재미를 꼽자면, 돈이 없을 땐 감히 시도할 수 없었던 도전에 시간과 돈, 체력을 쏟을 수 있다는 점이다. 이 도전은 대개 돈이 되는 일이 아니고, 그래서 더 큰 재미를 느끼는 건지도 모르겠다.

내가 해보고 싶었던 일 중 하나는 책방이나 카페에 쓰일 가구를 만들어보는 일이었다. 나는 가구의 모양새와 그 가구를 어떻게 배치하는지에 관심이 많다. 가구에 따라 앉아 있는 사람의 시선이 달라지고 움직임이 달라진다. 어떤 가구를 어떻게 배치하는지에 따라 사람의 경험이 달라지는 것이다. '공간에서 누리는 경험을 디자인하는 일'을 해보고 싶었다.

어느 날, 이웃분께서 책방을 열려고 하는데 인테리어를 어떻게 해야 할지 고민된다는 이야기를 전해왔다. 나는 그 자리에서 내가 한번 해보겠다고 말했다. 전문가가 아니니 돈은 받지 않겠다는 말도 덧붙였다. 기껏해야 집에서 사용하는 가구를 만들고 시간 날 때마다 이리저리 배치를 바꿔보는 일만 했을 뿐이지만 한번 해보고 싶었다. 몇 달간 유튜브를 보며 가구 설계와 제작의 기본을 익혔고, 책을 보며 가구 배치에 대한 기본적인 지식을 공부했다. 그렇게 6개월 동안 가구를 디자인하고, 직접 만들고, 완성한 가구를 원하는 곳에 배치했다. 아무 보상 없이 자발적으로 이 일에 나설 수 있었던 건 당장 돈을 벌지 않아도 되는 상황이었기에 가능했다. 먹고사는 게 어렵지 않았기 때문에 해보고 싶은 일을 돈 생각 하지 않고 할 수 있었다. 통장 속 여윳돈에게 참 고마웠다.

돈의 많고 적음과 관계없이 내가 찾아 누릴 수 있는 재미와 즐거움, 기쁨은 항상 존재하고 있었다. 돈이 없다고 하고 싶은 일을 못 하는 것도 아니고, 돈이 있다고 도전의 즐거움을 누리지 못하는 것도 아니었다. 문제는 '돈이 없으면 하고 싶은 일을 하지 못한다'는 생각과 '돈이 많으면 도전의 즐거움을 누리지 못한다'는 생각이었다. 그저 지금 내가 누릴 수 있는 최대한의 재미와 행복을 찾아서 누리면 될 뿐이었다.

'돈은 저축할 수 있지만 행복은 저축할 수 없다'는 말처럼 재미와 행복은 모아두었다가 나중에 쓸 수 있는 것이 아니다. 지금 내가 가진 것으로 재미와 행복을 누리지 못한다면, 시간이 흘러서도 누리기 어려울 것이다. 그러니 오늘 내가 할 일은 지금 내가 누릴 수 있는 즐거움을 찾는 일이다. 오늘 누리지 않으면, 내일도 누릴 수 없을 테니까.

건강한 마음으로 먹고 있나요?

유연한 비건을 지향합니다

하윤

비건이 되기로 결심하다

꽤 오랜 시간 동안 고기를 먹지 않고 있다. 비건vegan이 되기로 결심하고 2년은 육고기만 먹지 않았고, 그 뒤로는 해산물, 유제품, 달걀을 비롯한 동물성 음식을 일체 먹지 않았다. 처음 고기를 끊기로 마음먹은 건, 다큐멘터리와 책을 통해 불편한 진실을 마주하면서부터였다. 어떤 동물은 평생을 자기 몸보다 작은 철창에서 제대로 움직이지도 못한 채 살아간다. 그들은 인간의 입맛을 만족시키기 위해 고통스럽게 길러지고 죽임을 당한다. 나의 생명과 동일한 가치를 가진 동물들이 고작 내 배 채우자고 이런 지옥을 겪어야 한다니. 진실을 알게 된 이상 더는 이전처럼 고기를 먹을 수 없었다. 눈앞에 있는 고기를 보면, 어떤 얼굴을 가진 동물들이 어떤 과정을 거쳐서 이 접시에 오르게 되었을지 상상하게 되었고, 그 상상은 몹시 슬프고 잔인했다.

채식을 실천하며 살아가는 삶은 보람찼다. 내 무릎에 누워 편안하게 잠든 고양이 친구들에게 아주 조금 떳떳해졌다. 고양이는 사랑하면서 소, 돼지, 닭을 먹는다는 게 어쩐지 잘못된 행동처럼 느껴졌기 때문이다. 고기가 아닌 채소, 과일, 곡물을 먹은 날에는 어떠한 마음의 짐도 남지 않았다. 게다가 채식으로 요리를 해 먹는 게 특별히 어렵지도 않았다. 맛도 좋고 소화도 훨씬 잘되었다. 내 몸에도 동물에게도 나쁠 게 없는 식생활이었다. 누구에게도 해롭지 않은 이토록 좋은 걸 왜 이제야 안 걸까! 앞으로도 채식을 계속하지 않을 이유가 없었다.

다만, 비건의 삶이 길어질수록 작은 불편들이 따라왔다. 우선 주변 사람들과 함께 식사를 하기가 어려워졌다. 늘 가던 식당에 가지 못했고, 내가 먹을 수 있는 메뉴를 찾느라 서로 난처해졌다. 누군가가 정성껏 차려준 음식일지라도 동물성 재료가 들어가면 '미안하다'고 말하고 입에 대지 않았다. 상황에 따라 어느 정도는 내 뜻을 굽힐 수도 있었을 텐데, 채식을 결심했던 마음이 꽤나 셌던지라 어떤 경우에도 예외를 두지 않았다. 그때 나는 내가 먹을 수 있는 음식과 먹을 수 없는 음식을 확실히 나눈 채 살아가고 있었다. 결국 서로 난처해지는 상황이 불편해서 약속을 조금씩 피하게 되었고, 나는 점점 외톨이가 되어가는 것 같았다. 기분 좋게 기꺼이 비건으로 살아가는 것도 아니고, 적당히 뜻을 굽히며 사는 것도 아닌, 이러지도 저러지도 못한 채로 불편하게 지냈다.

고집만 부리다가는 부러질 수 있어

어느 날, 지리산으로 여행을 떠났고 그곳에서 우연히 한 친구를 만났다. 그는 오랜 시간 나와 같은 이유로 채식을 해왔지만, 크게 몸이 아픈 이후로는 채식에 대한 고집을 내려놓았다고 했다. 지금은 자신의 몸이 필요로 하는 음식을 가리지 않고 먹는다고 했다. 그는 나에게 몸과 마음의 상태를 물었다. 그때 나는 몇 달째 생리를 하지 않고 있었고, 몸에 기운이 없고 정신적으로 많이 예민해져 있었다.

내 이야기를 들으며 가만히 고개를 끄덕이던 그가 부드러운 목소리로 말했다.

"너무 단호하게 고집하다 보면 언젠가 부러질 위험이 있어. 지금 너에게 필요한 건 유연함이야."

그는 내 식단에서 부족한 영양소가 무엇인지, 어떤 음식을 먹으면 좋을지 세심하게 알려주었다. 그러나 나는 여전히 채식이 아닌 음식을 먹는다는 것에 마음이 열리지 않았다. 어쩐지 나쁜 행동을 하는 것같이 느껴졌기 때문이다.

'유연함…… 그건 어떻게 가질 수 있는 거지?'

채식을 하거나 하지 않거나, 이 두 가지 선택 말고 다른 선택은 없다고 나는 생각했다.

그로부터 얼마 뒤, 의사에게 영양 부족 진단을 받았다. 몸이 필요로 하는 음식을 충분히 먹지 않으니 몸이 비명을 지르며 경고하고 있었다. 더는 이전의 식단을 고집할 수 없었다.

나에게 무례한 비건 생활

채식을 시작한 건 생명이 있는 동물들에게 너무 많은 상처를 주고 싶지 않아서였다. 하지만, 채식이 아닌 음식은 절대 먹지 않겠다는 고집을 부리면서 나는 나에게 상처를 줬다.

버터가 들어간 빵을 좋아했던 나는 채식을 실천하는 중에도 종종 빵집에서 크림빵이 먹고 싶다고 생각하곤 했다. 예전 같았으면 맛있게 먹으며 행복을 느꼈겠지만 비건이 되기로 결심했으니 그럴 수 없었다.

'비건이라면서 그게 무슨 소리야? 크림빵에는 버터, 계란, 우유가 잔뜩 들어갔다고! 네가 먹을 수 있는 음식이 아니잖아!'

스스로를 다그치고 빈손으로 빵집을 나왔다.

만약 누군가 나에게 "버터 들어간 빵을 먹고 싶다니, 당신 참 한심하군요!"라고 말했더라면 어땠을까? 아마도 무척이나 예의 없는 사람이라 생각했을 것이다. 그런데 그 무례한 말을 내가 나한테 하고 있었다.

주변 사람들에겐 또 어땠던가. 엄격한 채식을 하고 있을 땐 동물성 음식이 내 몸에도 좋지 않을 거라고 굳게 믿고 있었다. 그 믿음 때문에 주변 사람들과 함께 나눌 수 있는 평범한 행복마저 놓치고 말았다. 오랜만에 집에 온 나를 위해 엄마는 고등어를 굽고, 멸치를 넣어 된장찌개를 정성껏 끓여주었지만, 나는 채식이 아니라는 이유로 먹지 않았다. 엄마는 아쉬워했고, 또 미안해했다. 미안해하는 엄마 앞에서 밥과 채소 반찬만 깔짝깔짝 먹으며,

내가 뭔가를 잘못하고 있는 것 같다는 생각이 들었다.

동물을 사랑하는 마음에서 채식을 시작했지만, 그 노력이 한쪽으로 치우치자 나와 주변 사람들에게 상처를 주고 있었다. 고집 속에 갇혀 나는 점점 혼자가 되어갔다. 이대로 가서는 안 되겠다는 생각이 들었다. 잘 모르겠지만, 일단 '비건'이라는 원칙을 내려놓기로 했다. 내가 가진 음식에 대한 생각을 내려놓고, 내 몸과 마음이 원하는 음식이 무엇인지 귀 기울이기로 했다.

오랫동안 붙들어온 습관을 내려놓기란 결코 쉽지 않았지만, 몸이 원하는 대로 음식을 먹으니 볼품없이 말랐던 몸에 살이 오르고, 피곤해 보이던 얼굴에는 생기가 돌았다. 또, 음식에서 맛볼 수 있는 행복을 다시금 느낄 수 있었다. 크림빵도 먹고 고등어구이도 먹으면서 말이다.

그동안 나는 먹고 싶은 마음을 일단 억눌렀고, 그렇게 억눌린 마음은 엉뚱한 방식으로 터지곤 했다. 크림빵을 너무 먹고 싶은데 먹을 수가 없으니 크림빵 대신 비건빵을 속이 아플 정도로 먹어대는 식이었다. 당연히 만족은 채워지지 않고 마음만 더 착잡하고 무기력해졌다.

오랜 시간 나는 내 안에 다양한 목소리가 존재한다는 걸 잊고 살았다. 이 마음은 이 마음대로, 저 마음은 저 마음대로 존중해줬더라면 어땠을까. 버터를 먹고 싶다는 마음을 존중하며 버터를 먹되, 비건을 실천하고 싶은 마음도 존중하며 버터를 먹는 횟수나 양을 줄였더라면 몸과 마음이 조금 덜 아프지 않았을까.

무엇을 먹는지보다 어떤 마음으로 먹는지가 중요하다

'내가 먹는 것이 곧 내가 된다'라는 말이 있다. 비건을 고집하면서 몸과 마음이 망가지고 다시 회복하는 과정을 겪으면서 깨달은 사실이 하나 있다. 나는 단지 음식만 먹는 게 아니라 감정까지도 함께 먹는다는 것이다. 나는 채식을 할 때마다 '어떤 음식은 먹지 말아야 한다'는 고집스러운 마음을 먹었다. 그리고 먹지 말아야 한다고 생각한 음식을 먹고 싶을 때마다 스스로를 다그쳤다. 건강을 챙긴다고 유기농 음식을 먹었지만, 건강하지 못한 마음으로 먹었기 때문에 결국 몸이 아프게 된 것이 아니었을까.

여전히 육고기는 마음이 이끌리지 않아서 먹지 않고 있지만 이제는 '채식이 반드시 옳다'고 생각하지 않는다. '내 몸에 좋은 음식'이란 그리 쉽게 알 수 있는 것이 아니다. 내 몸에 좋은 음식은 순간순간 내 몸이 원하는 것에 따라 달라진다. 때와 상황에 따라 그것은 패스트푸드일 수도 있고, 육고기일 수도 있고, 해산물, 계란, 우유, 버터, 치즈일 수도 있다.

돌아보면 살면서 엄마의 음식을 먹고 탈이 난 적은 없었다. 그것이 고기든, 생선이든, 채소든 말이다. 가족 안에서 사랑을 느끼며 편안하게 식사했기 때문이 아닐까. 어쩌면 음식의 성분이 내 몸에 미치는 영향은 생각보다 그리 크지 않을지도 모른다. 성분도 중요하지만, 이제는 어떤 마음으로 누구와 함께 먹는지도 무척 중요하다고 느낀다. 아무리 건강한 음식이라 할지라도 긴장된 분위기 속에서 불편한 마음으로 먹을 때면 항상 탈이 났으니까. 반면 라면이나 튀김처럼 속을 더부룩하게 만드는 음식이라 할지라도 좋아하는 사람과 편안한 분위기 속에서 즐겁게 먹을 때면 몸에 특별한 문제가 없었다.

이 이야기는 '비건을 하자'는 이야기도, '비건을 하지 말자'는 이야기도 아니다. 단지 음식에 대한 고집이 내 몸과 마음을 어떻게 아프게 했는지 이야기하고 싶었을 뿐이다. 치우친 생각은 좋은 것과 나쁜 것을 나누면서 만들어지는 것 같다. 몸에 좋은 음식과 나쁜 음식, 삶에 좋은 일과 나쁜 일을 내 마음대로 나누다 보면, 싫은 것은 피하고 좋은 것만 찾게 된다. 그러다 보면 싫은 것 가운데 내게 필요한 것이 있을 때 챙기지 못하게 되고, 결국 몸이나 마음 어디선가 비명 소리가 들려올지도 모른다.

나에게 좀 더 친절한 사람

먹는 문제 외에도 내 안에는 '이렇게 해야 한다' 혹은 '저건 하지 말아야 한다' 같은 마음의 제약이 참 많았다. 이를테면 체력을 기르겠다고 가볍게 운동을 시작했는데, 하다 보니 어느새 하루도 빠지지 않고 운동을 해야 한다는 강박이 생겼다. 피곤해서 쉬고 싶어도 쉴 수가 없었다. 또 체중을 일정하게 유지하고자 고칼로리 음식을 멀리하기 시작했는데, 어느 순간부터는 한입 먹는 것조차 두려워지기 시작했다. 한입을 먹으면 내가 먹은 것이 그대로 볼살과 뱃살로 갈 것 같다는 생각에 참고 또 참았다. 크림빵을 참다가 비건빵을 배터지게 먹었듯, 억눌린 마음은 언제든 반드시 터졌다.

운동에 대한 강박은 내 몸이 '그만!' 하고 소리쳐준 덕분에 내려놓을 수 있었다. 어느 날 집안일을 하다가 뼈에 실금이 가는 바람에 어쩔 수 없이 한동안 운동을 멈춰야 했다. 숨찬 유산소 운동을 하지 않고 편안하게 누워서 뻐근한 몸을 풀어주는 스트레칭만 해주었더니, 아팠던 무릎 관절이 서서히 회복되고 뻐근했던 허리도 부드럽게 풀렸다. 2주 넘게 운동을 하지 않으면서 그동안 내가 너무 쉬는 시간을 가지지 않았다는 걸 깨달았다. 나에겐 조이는 힘은 있었지만 느슨하게 풀어주는 힘은 없었다.

운동을 쉬는 동안, 나에게 적정한 운동은 어느 정도인지 알아보기 시작했다. 다시 운동을 할 수 있게 된 이후에도 지나치게 열심히 하지 않고 가볍게 해보았다. 일주일에 세 번, 30분 정도 땀을 조금 흘릴 정도로만 움직였고, 피곤하면 언제든 쉬고 스트레칭을 했다. 점점 운동하는 게 부담스럽지 않았고 일상에 활기가 생겼다. 다이어트도 마찬가지로 느슨하게 풀어주는 연습이 필요했다. 일단 고칼로리 음식을 기꺼이 먹기 시작했다. 처음에는 양을 조절하는 게 어려웠지만, 참지 않고 즐겁게 먹어주니 배가 부르면 자연스럽게 그만 먹게 되었고 폭식하는 습관도 완전히 사라졌다.

지리산에서 만난 친구는 '건강한 삶을 위해서는 고집이 아닌 유연함이 필요하다'고 했다. 친구가 말한 유연함이란 몸과 마음의 아주 작은 목소리도 그냥 지나치지 않고 세심하게 귀 기울여 주는 노력을 의미하는 것이 아닐까. 아무리 근사한 결심이라도 지나치면 독이 되고, 나빠 보이는 것도 필요한 만큼만 취하면 독이 되지 않는다는 걸 이제는 조금 알 것 같다.

내 안에는 또 얼마나 많은 고집들이 있을까. 꽉 붙잡고 있다가 탈이 나기 전에, 하나하나 발견해서 부드럽게 풀어주고 싶다. 이도저도 아닌 싱거운 사람이 되어도 좋으니, 그저 스스로에게 좀 더 친절해지고 싶다.

단순한진심
VIET NAM

쓰기의 말들
무진기행
사랑의 단상

2부

×

다만 지금의 내가 안녕하기를

마음의 짐 내려놓기

두려움의 밑바닥을 마주한 적 있나요?

있는 그대로의 마음을 직면하고부터

하윤

시간이 지나도 괜찮아지지 않는 것

내가 고등학생일 때, 엄마가 뇌출혈로 쓰러졌다. 혼자 집에 있던 엄마는 시간이 꽤 지난 뒤에야 응급실로 실려 갔다. 독서실에서 공부 중이었던 나는 아빠로부터 소식을 듣고 곧장 병원으로 달려갔다. 엄마는 삶보다 죽음에 가까운 상태였다. 그때 처음으로 '엄마를 잃을 수도 있다'는 생각을 했다. 죽은 듯이 눈을 감고 있는 엄마를 보았을 때, 몸이 덜덜 떨렸고 싸늘하게 식었다. 엄마를 수술실로 보내고 잠시 집에 들렀을 때, 어질러진 거실 구석에는 엄마가 먹고 남긴 과일이 그대로 놓여 있었다. 집에선 엄마의 냄새가 나는데, 엄마는 집에 없었다. 아무도 없는 어두컴컴한 집에 주저앉아 흐느껴 울었다. 엄마 없는 삶은 도저히 상상할 수 없었다.

또 다른 기억. 스무 살 초반에 나는 혼자 살던 집에서 큰 지진을 겪었다. 따뜻한 햇살이 집 안 깊숙이 머무르던 나른하고 고요한 가을 오후였다. 책상에 앉아 커피를 마시고 있는데 갑자기 세상이 덜덜덜덜 흔들리더니 집에 있는 모든 물건이 와장창창 쏟아졌다. 엄청나게 큰 괴물이 건물을 붙잡고 마구 흔들고 있는 것 같았다. 쿵! 쿵! 책이 떨어지고, 쾅! TV가 떨어지고, 쨍그랑! 커피잔이 깨졌다. 나는 비명을 지르며 책상 아래로 숨어 들어갔고, 내게 일어난 일을 멍하니 바라보면서도 믿을 수 없었다. 그 이후로 시도 때도 없이 지진이 일어나는 상상을 했고, 상상 속에서 나는 여러 번 죽었다. 큰 차가 지나갈 때 느껴지는 미세한 땅의 진동에도 심장이 멎는 것 같았고, 심하게 긴장한 나머지 위가 활동을 멈추어 밥을 먹기만 하면 모두 게워냈다.

내 마음과 달리 현실은 고요했다. 지진은 다시 일어나지 않았고, 누군가가 크게 아프거나 세상을 떠나는 일도 일어나지 않았다. 시간이 약이라고 나도 점점 괜찮아지는 것 같았다. 하지만 전혀 괜찮지 않다는 걸 알게 된 건 지진을 겪고 몇 년 뒤, 무시무시한 태풍과 산불을 겪을 때였다. 몸을 가누기 어려울 정도로 강한 바람이 불던 그날 새벽, 거대한 산불이 우리 집을 향해오고 있었다. 재난문자는 쉴 새 없이 울려댔고 나는 다시 지진을 겪을 때와 같은 상태가 되었다. 심장이 쿵쾅쿵쾅 미친 듯이 뛰었고 다리에 힘이 풀려 주저앉았다. 숨이 잘 쉬어지지 않아 고개를 푹 숙인 채 손으로 심장을 누르며 겨우겨우 숨을 쉬었다. 갑자기 찾아온 일 앞에서 어찌할 바를 모르고 그저 주저앉기만 할 뿐인 나는 조금도 괜찮지 않았다.

내가 무엇을 두려워하는지, 그 정체를 알게 된 건 요가원에서였다. 모든 동작이 끝나고 가만히 누워 숨을 쉬고 있는데, 선생님이 "떠오르는 생각이 무엇이든 도망치지 말고 하나하나 알아차려보세요"라고 말했다. 내 머릿속은 몹시 시끄러웠다. 수많은 생각이 앞다투어 나타났고 나는 '응, 그래' 하며 하나씩 바라보았다.

한참 뒤, 작은 목소리가 들려왔다.

'나는 죽음이 두려워.'

그러자 응급실에서 눈을 감고 있던 엄마의 모습, 집이 흔들리며 물건이 떨어지던 모습, 거센 바람에 나무가 속절없이 꺾이던 모습이 떠올랐다. 몸이 잔뜩 움츠러들며 뻣뻣해졌다.

목소리는 계속 말했다.

'알 수 없어서 두려워.'

내가 알 수 있는 건 지금 이 순간의 삶

어느 날 밤, 문득 엄마한테 궁금한 게 생겼다.

"엄마, 엄마는 거의 죽을 뻔했고, 다시 뇌출혈이 일어나면 그땐 손쓸 새도 없이 죽을 거라는 얘기를 들었잖아요. 하루하루 사는 게 두렵지 않았어요?"

엄마는 말했다.

"처음엔 눈을 감을 때마다 두려웠어. 이렇게 잠들면 다시 눈을 뜨지 못할까 봐. 우리 가족을 다시 못 볼 수도 있다고 생각하니 너무 슬퍼서 눈을 못 감겠더라. 그래서 잠도 제대로 못 자고 매번 쓰러지듯 잠들었어. 그런데…… 시간이 지나면서 이런 생각이 들더라고. '그때 죽을 수도 있었는데 나 지금 살아 있네? 나 그렇게 쉽게 죽지 않는구나!' 지금 내 삶이 하느님이 내게 준 선물 같았어."

언제 다시 아프게 될지, 또 언제 죽게 될지 모르지만 덤으로 주어진 두 번째 삶에 감사하기로 마음을 바꾸니 두려울 게 없어졌다고 엄마는 말했다. 하루하루 눈을 뜰 때마다, 이 선물 같은 하루를 아낌없이 잘 살아가야겠다 생각했다고. 그러고 보니 엄마는 아프고 난 뒤 더 활기차고 밝아진 것 같았다. 엄마는 모르는 걸 알려고 하지 않았다. 죽음은 모르는 채로 두고, 엄마가 아는 '오늘이라는 선물'에 감사했다. 엄마는 그렇게 편안해졌다.

나는 어떤 일을 겪을 때마다 '왜 이런 일이 나한테 일어나지?', '이런 일은 내가 어떻게 받아들여야 하는 거지?'라고 물으며 계속해서 알려고 했다. 요가 선생님은 내게 그저 '그렇구나' 하고 모르는 일은 모르는 채로 받아들여보라고 말했다. 그리고 내가 지금 알 수 있는 것으로 시선을 옮겨보라고 했다.

죽음은 잠시 제쳐두고 내가 아는 것은 무엇일까, 살펴보았다. 그것은 삶이었다. 죽음은 언제 어떻게 올지 모르지만, 지금 이 순간 내가 살아 있다는 것은 알고 있었다.

'지금 이 순간, 나는 요가원에서 편안하고 안전하게 누워 있다.'

그것이 전부였다.

집으로 돌아와 엄마한테 전화를 걸었다. 엄마는 장을 보는 와중에도 반갑게 전화를 받아주었다. 어쩐 일로 먼저 전화를 다 했냐며 무슨 일이 있는 건 아닌지, 혹시 마음이 어려운 건 아닌지 물어보는 엄마의 목소리가 참 다정했다. 그 순간 내가 아는 것은, 내가 사랑하고 나를 사랑하는 엄마가 지금 내 곁에 있다는 것이었다.

엄마가 마음이 편안해진 이유를 알 것 같았다. 엄마는 왜 죽는지, 왜 사는지 생각하지 않았다. 그건 당신이 하는 일이 아니라 신이 하는 일이니까. 다만 엄마는 '지금 어떻게 살 것인지'만 생각했다. 그리고 언제 죽어도 아쉽지 않을 만큼 하고 싶은 일을 하며 아낌없이 살았다.

겁이 많은 나는 여전히 죽음이 두렵다. 그러나 두려움이 어둡고 서늘한 기운으로 나를 덮칠 때마다 '내가 지금 살아 있다'는 사실에 마음을 모은다. 그럼 삶이 전보다 소중해진다. 나는 그렇게 죽음과 함께 살아가고 있다.

누군가에게 싫은 사람이 된다는 두려움

두 번째 이야기는 좀 더 오래전의 일이다.

중학교에 입학하고 얼마 지나지 않았을 때, 전날까지만 해도 잘 지내던 친구들이 하루아침에 나를 멀리했다. 밥도 같이 안 먹고, 집도 같이 안 가고, 말을 걸어도 대답이 없었다. 투명인간이 된 것 같았다.

나는 답답한 나머지 친구에게 다가가 직접 물었다.

"내가 뭘 잘못했길래 이러는 거야?"

친구는 '그런 걸 왜 묻냐'는 듯한 표정으로 툭, 이 한마디를 내뱉었다.

"그냥 네가 싫어졌어."

그 말을 듣기 전, 나는 친구가 나를 어떻게 볼지 생각하지 않고 사는 단순한 아이였다. 바라는 게 있으면 부탁했고, 서운한 게 있으면 속상하다고 말했고, 해맑게 웃으면서 "너랑 노는 게 제일 좋아!"라고 마음을 투명하게 드러냈다. 그러나 '그냥 네가 싫어졌다'는 말을 들은 뒤, 나는 다른 사람과 어울리는 게 어려워졌다. 못난 모습까지 알게 되면 나를 싫어하게 될 수도 있으니까, 알려주고 싶은 만큼만 보여주었다.

그런 내가 유튜브에서 고스란히 나를 내비쳤다. 그동안 감추었던 부끄럽고 '찌질한' 모습을 꾸미지 않고 영상에 담았고, 올릴까 말까 수백 번도 넘게 고민하다가 '에라, 모르겠다' 하고 영상을 올렸다. 대단한 용기가 있어서는 아니었다. 처음에는 아무도 영상을 보지 않을 거라 생각해서 솔직할 수 있었다. 그러다 영상을 보는 사람이 점점 많아지면서, '어라, 이게 아닌데……' 하는 불안한 마음에 주섬주섬 나를 숨기려고 했다. 그런데 몇몇 사람들이 내 이야기 덕분에 마음이 한결 편안해졌다는 댓글을 달았다. 다른 사람의 근사한 모습 앞에서는 자꾸 주눅이 드는데, 내 이야기는 '나도 모난 구석이 있어요'라고 말해주는 것 같아서 마음이 편안해진다고 했다.

숨고 싶어질 때마다 그들의 말을 떠올렸다. 정말 하고 싶은 이야기를 하고 내 모습 그대로를 보여주면 사람들이 손가락질하고 비웃지 않을까? 내가 그걸 견뎌낼 수 있을까? 불안한 마음이 앞섰지만 궁금하기도 했다.

'내 모습 그대로로 살게 되면 어떻게 달라질까?'

뭐, 욕먹는 거 말고 더 나쁜 일이 있을까. 한번 시도해봐도 나쁠 건 없겠다는 생각이 들었다. 그렇게 눈 딱 감고 내가 두려워하는 곳으로 들어갔다.

유튜브를 하던 어느 날, 10년 동안 연락이 끊겼던 친구로부터 연락이 왔고, 우리는 곧 만나기로 했다. 친구는 유튜브에 올라온 영상을 다 봤다고 했다. 순간 얼굴이 화끈 달아올랐고, 숨고 싶었다. 영상을 다 봤다면 친구와 함께했던 시절 내가 얼마나 힘들었는지 구구절절 털어놓은 영상도 봤다는 건데……. "너 그때 괜찮은 척한 거였구나?" 하며 비웃기 딱 좋겠다는 생각이 들었다. 게다가 10년이 훌쩍 지났는데도 아직도 털어내지 못하고 그 이야기를 하는 모습이 어지간히 미련해 보일 것 같았다.

그런데 이상하게도 친구를 만나는 게 짐스럽지 않았다. 영상 속 내 모습은 지금의 내 모습 그대로이고, 그러니 굳이 나를 꾸미거나 숨길 필요가 없구나 싶어 차라리 마음이 편안했다. 만약 친구가 영상을 보지 않았더라면 만나서 무슨 말부터 시작해서 어떤 이야기를 나눌지 고민하느라 꽤나 골치 아팠을 것 같다.

10년 만에 만났지만 우리는 어색함 없이 즐겁게 이야기를 나눴다. 친구는 내 이야기 덕분에 오랫동안 묵혀둔 기억을 들여다볼 수 있었다고 했다. 함께 겪었던 그 시절, 자신의 진짜 마음은 어땠는지 더듬더듬 꺼내놓았다. 그때 우리가 이 마음을 나눌 수 있었더라면 어땠을까. 서로에게 조금 더 다정하고 따뜻한 친구가 되어줄 수 있지 않았을까. 친구와 헤어지고 집으로 돌아오는 길, 그동안 용기 내어 꾸밈없이 나를 드러내길 참 잘했다는 생각이 들었다.

친구로부터 "그냥 네가 싫어졌어"라는 말을 들었을 때 나는 네가 잘못 알고 있다고, 나는 꽤 괜찮은 사람이라고 친구의 마음을 바꾸고 싶었다. 그 후로 오랜 시간 다른 사람이 나를 좋은 사람이라고 여겨주기를 바라며 나를 꾸며내거나 숨겼다. 그런데 유튜브를 하면서, 영상 속 모습이 어떤 모습이든지 나를 좋아하는 사람이 있고, 반대로 나를 싫어하는 사람이 있다는 걸 받아들이게 되었다. 아무리 애를 써도 모두에게 좋은 사람이 될 수는 없었다. 나는 서서히 그 '좋은 사람'이라는 바람을 내려놓았다.

이후로는 누군가를 만날 때마다 조금 더 용기 내어 솔직한 내 마음을 먼저 꺼내놓았다. 그러니 상대방도 자신의 마음 깊은 이야기를 솔직하게 내비쳐주었다. 그렇게 투명하고 진실하게 이야기를 나누다 보면, 마음을 나누는 친구가 되기까지 오랜 시간이 들지도, 그다지 어렵지도 않았다.

두려움을 살아내고 난 뒤 남은 것

두려움을 깊이 들여다보면서 나는 내가 무엇을 바라는지, 또 무엇을 중요하게 생각하는지 알 수 있었다. 죽음을 두려워하는 마음 밑바닥에는 삶을 사랑하는 마음이 있었고, 사람을 어려워하는 마음 밑바닥에는 투명한 마음을 나누는 친구가 되길 바라는 마음이 있었다.

두려움은 나를 넘어뜨리지만 나는 일어나는 법을 안다. 알 수 없는 것을 알려고 애쓰지 않는 것, 어찌할 수 없는 것을 어찌하려고 하지 않는 것, 그리고 내가 두려워하는 곳으로 조심스럽게 들어가보는 것. 두려움을 마주하며 알게 된 방법이다. 앞으로 어떤 두려움이 찾아올지 모르지만, 씩씩하게 뛰어들고 싶다. 그래야 두려움에 가려 있던 '내가 사랑하는 것'을 찾아낼 수 있고, 그것이 주는 기쁨을 듬뿍 누릴 수 있을 테니까.

흉터가 되라. 어떤 것을 살아낸 것을 부끄러워하지 마라.

– 네이이라 와히드Nayyirah Waheed

살아갈수록 흉터는 하나씩 늘어가지만, 나는 이 거친 흉터가 좋다. 그건 내가 잘하지 못하는 일들을 계속 시도했고, 결국 잘해내는 법을 배웠다는 증거니까. 흉터가 많은 사람은 열심히 정성껏 살아낸 사람이며, 그는 자신의 흉터를 이야기함으로써 비슷한 상처를 지닌 사람에게 따뜻한 힘을 줄 수 있다. 내 흉터를 숨김없이 보여주는 지금, 나는 무척이나 행복하다.

두려움이 어둡고 서늘한 기운으로 나를 덮칠 때마다

'내가 지금 살아 있다'는 사실에 마음을 모은다.

그럼 삶이 전보다 소중해진다.

원하는 미래를 원하고 있나요?

불확실한 미래가 불안하지 않은 이유

현우

홀로 우두커니 멈추어 서다

스무 살, 내가 지원한 모든 대학교로부터 불합격 통보를 받았다. 합격 발표가 가장 늦었던 대학교에 마지막 희망을 걸어두었는데 그마저 떨어지니 황망했다. 이젠 어찌해야 할까. 다시 1년을 공부하는 길밖엔 안 보이는데, 도무지 마음이 내키지 않았다. 하루 열 시간씩 책상에 앉아 있을 자신이 없었고, 무엇보다 시험장에서 내 실력을 발휘할 자신이 없었다. 수능을 준비하는 동안 나는 '단 하루 만에 인생의 방향이 결정된다'는 사실이 너무 부담스러운 나머지 하루 종일 배가 아팠다. 물론 부담감을 견디는 것도 실력일 테지만, 이건 내가 잘할 수 있는 게 아니라는 생각만 계속 들었다. 결국, 나는 재수를 하지 않기로 했다.

'도망친 곳에 낙원은 없다'는 말을 수도 없이 들었지만, 내가 바란 건 낙원이 아니었다. 그저 잠시 숨을 돌릴 곳이 필요할 뿐이었다. 그곳은 바로 도서관이었다. 책을 사랑해서 도서관에 간 것은 아니었다. 그저 돈을 쓰지 않고 가장 오랜 시간을 보낼 수 있고, 집에만 늘어져 있기에는 부모님 눈치가 보였기 때문이다. 계획도 없고 약속도 없었지만 어디로든 나가는 게 마음이 편했다. 나는 부모님이 일하러 나가기 전에 집을 나섰고, 도서관 문 여는 시간에 맞춰 첫 손님으로 도착했다. 구석진 자리에 가방을 올려놓고 도서관 주변을 산책했고, 점심시간이 되면 지하에 있는 식당에서 밥 한 끼를 저렴하게 해결했다. 오후가 되어서야 하품을 크게 하며 책을 펼쳤다. 이렇게 나름의 규칙적인 일과를 보내고 부모님의 퇴근 시간에 맞춰 집에 돌아갔다.

이런 생활이 길어지자 부모님은 이제 그만 놀고 재수를 하라고 타일렀다. 친구들은 종종 도서관을 찾아와서 "여기서 뭐 하고 있냐"고 놀리듯이 물었다. 나는 누구의 말에도 제대로 답하지 못했다. 하고 싶은 게 있어서 재수를 포기한 것도 아니고, 도서관에 가는 목적이 딱히 있던 것도 아니었기 때문이다. 친구들이 가는 곳은 대학교 캠퍼스 아니면 재수학원 둘 중 한 곳이었다. 그들은 자신이 가야 할 길을 잘 알고 그대로 나아가는 듯했다. 나만 홀로 갈 곳 없이 우두커니 멈추어 서 있었다.

나를 알아가는 여행

도서관에 가면 진로와 관련된 책들을 가볍게 펼쳐보곤 했다. 그때 가장 큰 고민은 '앞으로 어떤 일을 하며 어떻게 먹고살지'였기 때문에 그와 관련된 책들만 펼쳤다. 그러던 중 눈길이 가는 책을 만났다. 그땐 책을 끝까지 잘 읽지 못했는데 이 책은 달랐다.

> 왜 모두들 '대학을 가야 한다'고 아우성인지부터 따져봐야 합니다.
>
> – 강지원, 『강지원의 꿈 멘토링, 세상 어딘가엔 내가 미칠 일이 있다』

"모든 불행은 자신이 좋아하는 일과 잘하는 일을 찾지 못한 채, 세상이 일방적으로 만들어놓은 기준을 따르는 데서 시작한다"고 강지원 작가님은 적고 있었다. 고개를 세차게 끄덕였다. 주변 사람 모두로부터 '대학을 가야 한다'는 말을 듣는 와중에 '꼭 대학에 가야 할까?'라는 물음은 내게 무척이나 반갑고 소중했다.

작가님을 만나고 싶었다. 나의 어려움을 누군가에게 털어놓고 싶었고, 내 고민에 대한 조언을 구하고 싶었다. 그래서 대뜸, 지금의 내 상황을 솔직하게 써서 이메일을 보냈다. 작가님은 감사하게도 시간을 내어 나를 만나주셨다. 그리고 나에게 '너무 조급해하지 말라'고 말씀하셨다. 내가 지금 겪는 불안은 누구나 언젠가 겪어야 할 불안이고, 다만 나는 그 불안을 조금 일찍 겪고 있는 것뿐이라고.

"너무 불안해 말고 지금 이 시간을 현우 씨 자신을 알아가는 데 사용해보세요."

이 한마디는 지금까지도 내 머릿속에 또렷하게 남아 있다. 그때 내가 불안했던 건 단순히 대학을 가지 못해서, 혹은 재수 공부를 하고 있지 않아서가 아니었다. 내가 무엇을 하고 싶은지 모르기 때문이었다.

이후로 나는 도서관에 가기를 그만두었다. 대신 뭐라도 경험하면서 내가 뭘 좋아하고 잘하는지, 뭘 하고 싶은지 알아보기로 했다. 처음으로 향한 곳은 '청년학교'였다. '청년들이 자기 길을 찾을 수 있도록 도움을 주는 학교'라는 소개 문구를 보니 지금 내게 딱 필요한 곳이란 확신이 들었다.

학교에 들어가니 다양한 사람이 있었다. 대학 졸업을 앞두고 바로 취업하는 게 맞을지 고민 중인 사람, 다니던 회사를 그만두고 자신이 하고 싶은 일을 시작해보려는 사람, 그리고 나처럼 무엇을 해야 할지 몰라 헤매는 사람까지. 그들은 내가 헤매고 있는 모습을 이상하게 여기지 않았고, 오히려 이른 나이에 하고 싶은 일을 찾으려는 내 모습을 좋게 봐주기까지 했다.

수업을 이끌어주시는 분들은 자기다운 삶을 살아가는 사람들이었다. 세상이 만들어놓은 기준에 자신을 맞추기보다는 작고 소박하더라도 자신만의 아담한 정원을 가꾸며 그곳에서 행복하게 살아가고 있었다.

그들을 보며 여러 번 생각했다.

'자기가 좋아하는 게 뭔지 알고, 그걸 하며 살아가는 사람의 눈빛은 저렇게 반짝이는구나……'

그들은 자신이 하고 있는 일에 만족해했고, 즐거워했다. 할 수만 있다면 나도 그렇게 되고 싶었다.

그들이 하고 있는 일은 대부분의 사람이 멋지다고 칭찬하는 일이 아니었다. 이를테면 옥상에 남는 공간을 꾸며서 많은 이가 쉬어 갈 수 있는 공간을 만든다든지, 자신이 하고 싶은 보드게임을 만든다든지, 더 이상 사용하지 않는 목재로 새로운 가구를 만들거나 하는 일들이었다. 그들과 함께하면서, 삶엔 참으로 다양한 모양새가 있고 다양한 길이 있다는 걸 알았다. 정해진 길을 꼭 따를 필요가 없다는 것도.

청년학교를 나온 뒤, 해보고 싶었던 일을 직접 만들어보기도 했다. 그중 첫 번째는 '나를 알아가는 대화'를 나누는 모임을 만드는 것이었다. 모임을 이끌 친구들을 모으고, 함께 이야기 나누고 싶어 하는 사람들을 모집했다. 우리는 일주일에 한 번씩 모여 자신의 삶을 돌아보는 인생 곡선을 그리기도 하고, 어떤 일을 왜 하고 싶은지, 앞으로 어떻게 살아가고 싶은지를 이야기했다. 모임을 이끄는 친구들과는 매일같이 모였고, 어떤 활동을 하면 좋을지, 어떤 질문을 나누면 좋을지, 어떤 방식으로 이야기를 하면 좋을지, 어떻게 하면 사람들의 이야기를 편안하게 이끌어낼 수 있을지 고민했다.

책을 읽으면서 부족하다고 느끼는 부분을 공부했고, 도움을 줄 수 있는 분을 찾아가서 조언을 구하기도 했다. 그렇게 일주일 동안 정성 들여 준비한 활동을 통해 사람들이 자신을 조금씩 알아가고 좋아하는 모습을 볼 때, 나는 깊은 만족감을 느꼈다. 비록 돈을 버는 일은 아니었으나, 내가 하고 싶은 일을 직접 만들어서 해봤다는 것만으로 무척 뿌듯했다.

'꼭 어딘가에 소속되지 않더라도 하고 싶은 일이 있으면 내가 직접 만들면 되는구나.'

하나부터 열까지 만들어가는 일은 결코 쉽지 않았지만, 어려움을 헤쳐나가는 즐거움이 이루 말할 수 없이 컸다.

불안해도 재미있게 살고 싶다

그때부터 나는 하고 싶은 게 생기면 '할까, 말까' 고민하기 전에 일단 했다. 새벽시장에서 과일을 팔아보기도 하고, 강연회를 기획하는 일을 해보기도 하고, 배우고 싶었던 악기 젬베를 배워보기도 했다. 혼자서 인도와 네팔을 몇 개월간 여행해보기도 하고, 뒤늦게 대학에 다녀보기도 했다. 작은 집을 직접 지어보는 건축학교를 다니고, 숙박 공간을 만들어서 운영해보기도 했다. 공통점이라고는 찾아볼 수 없는 다양한 일을 마음 가는대로 했다. 친구들이 대학을 다니고, 취업을 준비하고, 직장을 다니는 동안 나는 그저 내가 해보고 싶은 일에 계속해서 도전했다.

'지금 여기서 뭐 하고 있냐'는 질문을 받으면 여전히 우물쭈물 하며 똑 떨어지는 대답을 하지는 못했지만, 달라진 게 있다면 그게 나를 불안하게 만들지는 않았다는 것이다. 다양한 경험을 하면서 내가 무얼 할 때 즐거운지, 어떤 사람과 어떤 환경에서 일하고 싶은지, 앞으로 어떤 모습으로 살고 싶은지, 삶에서 무엇을 중요하게 여기며 살아가고 싶은지 조금씩 알게 되었기 때문이다.

그렇게 알게 된 것을 바탕으로 원하는 걸 하나하나 이루며 살아갈 때, 비로소 '잘 살고 있다'는 느낌이 들었다. 내가 '잘 살고 있다'고 느낄 때는 내가 좋아하는 일을 하면서 나답게 살고 있을 때였다. 내가 하고자 하는 일이 어떻게 흘러갈지, 성공할지 실패할지, 만족할지 후회할지 전혀 알 수 없지만 그냥 내가 해보고 싶은 일이니까 했다. 어차피 해보지 않아도 후회는 남을 테고, 실패해도 그 역시 나를 알아가는 기회라고 생각했다.

하고 싶은 일을 하기 위해서는 불확실함을 견뎌야 했고, 견디다 보면 더 큰 불확실함을 견디는 힘이 생겼다. 그 힘 덕분에 불확실한 미래가 불안해서 하고 싶은 걸 하지 못하는 일은 없었다. 시간이 흐를수록 하고 싶은 일을 하는 것이 더욱 쉬워졌다. '해보고 싶다'는 생각을 행동에 옮기기까지의 시간이 점점 더 짧아졌다. 그러다 마침내는 불확실함을 즐기는 정도에 이르렀다. 이 일이 어떻게 흘러갈지 알 수 없다는 사실이 오히려 재미있게 느껴졌다. 3년 뒤에 내가 어디서 무엇을 하고 있을지, 누구를 만날지, 어떤 일이 일어나고 어떤 어려움을 겪을지, 그 어려움을 어떻게 헤쳐나갈지, 그래서 그 일이 나를 어디로 데려갈지 알 수 없다는 것이 불안보다는 설렘으로 다가왔다.

나에게 안정적인 삶

미래를 생각 않고 사는 듯 보이는 나를 향해 사람들은 종종 '불안하지 않냐'고 묻는다. 재수 공부를 하지 않고 도서관에 다녔던 그때와 비교하자면, 지금 나는 거의 불안하지 않다. 그렇게 된 데에는 여러 가지 이유가 있겠지만, 가장 큰 변화는 '내게 안정적인 삶'이 무엇인지 스스로 설명할 수 있게 되었다는 것이다. 그것은 내가 무엇을 하고 싶은지 알고, 그대로 행하는 삶이다. 또 내 삶에 닥친 문제를 헤쳐나갈 힘이 있는 삶이다.

불안과 안정은 마음의 문제에 가깝다. 내가 불안하다고 느끼면 불안한 것이고, 내가 안정적이라고 느낀다면 안정적인 것이다. 스스로 자기 삶을 어떻게 느끼는지에 따라 불안은 커지고 작아진다. 자기 안의 불안을 제대로 들여다보려면, 자신이 생각하는 안정적인 삶은 무엇이고 불안정한 삶은 무엇인지 스스로 설명할 수 있어야 한다.

사람마다 안정적이라고 생각하는 삶의 모양새는 다를 것이다. 매달 고정적인 월급을 받는 삶, 몸과 마음이 아프지 않고 튼튼한 삶, 하고 싶은 일을 하며 살아가는 삶, 사랑하는 사람과 함께 소소한 행복을 가꾸는 삶……. 스스로 선택한 안정을 추구하며 사는 사람은 누군가 자기 삶을 불안정하게 보더라도 흔들리거나 휘둘리지 않는다.

나는 지금 우리 삶이 안정적이라고 느낀다. 우리가 하고 있는 일이 몽땅 망할지라도 삶은 무너지지 않을 것이라는 믿음이 있기 때문이다. 지금껏 우리가 해온 일 중에 확실한 것은 하나도 없었다. 그저 하고 싶어서, 한 번도 경험해보지 않은 일에 뛰어들고 계속해서 해왔다. 일단 해보고 아니다 싶으면 방법을 바꿔보고, 무너지면 다시 일어서면서 말이다. 그렇게 함께 막막한 순간을 하나씩 헤쳐나갔고, 그 경험들이 쌓여 '앞으로 어떤 어려움이 있든 우리답게 헤쳐나갈 수 있겠다'는 믿음이 생겼다. 이 믿음 덕분에 나는 지금이 가장 안정적이라고 느낀다.

"배는 항구에 있을 때 가장 안전하지만, 그것이 배의 존재 이유는 아니다."

괴테의 이 말을 보았을 때 나는 나의 존재 이유에 대해 생각했다. 아무리 생각해봐도 내가 존재해야 할 이유는 없었다. 세상은 나 없이도 잘만 돌아가니까. 하지만 내가 '존재해야 할 이유'는 없어도 내가 '존재하는 이유'는 알 것 같았다. 그건 바로 삶을 잘 누리기 위해서다. 삶을 잘 누리려면 항구에 꽁꽁 묶여 있는 불안이라는 닻을 풀어줘야 한다. 닻을 풀면 배는 어디로든 흘러갈 것이고, 곧 재미있는 일이 일어날 테니!

감정의 브레이크가 고장 났나요?

한 발짝 물러서보면 마음은 다른 이야기를 합니다

하윤

마음에 빨간 불이 켜질 때

어느 날 유튜브 구독자로부터 이런 질문을 받았다.

"나를 화나게 하는 상황을 어떻게 마주해야 할까요? 버스에서 밀치고도 사과하지 않는 사람, 무례한 농담을 하는 상사……. 오늘도 몇 번이나 화가 치밀어 올랐어요. 이런 감정을 어떻게 흘려보낼 수 있을까요?"

이분을 비롯하여 비슷한 어려움을 겪고 있는 분들에게 들려주고 싶은 이야기다.

대학 시절, 친구들은 바쁘고 부지런히 지내는데 나만 허덕이며 살아가고 있었다. 하루를 살아내는 게 아니라, 하루가 나를 질질 끌고 가는 듯했다. 수업을 듣고 나면 쉴 틈도 없이 다음 수업을 들으러 가야 했고, 밥을 먹을 때도 늘 선후배와 함께 먹어야 했다. 내가 다닌 학교의 문화는 그랬다. 기숙사로 돌아와 하루를 돌아보면 오늘 뭘 배웠는지, 뭘 먹었고 맛은 어땠는지, 누구를 만나 무슨 얘기를 했는지 잘 기억나지 않았다. 분명히 하루를 꽉 채워 살았지만 마음에 남는 게 없었다. 내 몸은 마구 달려가고 있는데, 영혼은 그 속도를 따라가지 못한 채 저 멀리서 헉헉대며 힘겨워했다. 늦은 밤, 세상이 고요해지고 오롯이 혼자가 되면 긴 한숨이 새어 나왔다. 잘 살고 있는 것 같지 않았다. 그때, 현우를 만났다.

현우는 "네 마음이 힘들면 멈춰도 돼"라고 말해준 유일한 사람이었다. 그는 내가 힘들다고 할 때마다, "휴학해!", "자퇴해!"라고 툭툭 내뱉었다. 자기 일이 아니라고 쉽게 말하는 건지, 정말 그게 좋은 방법이라고 믿는 건지 모르겠지만 그다지 듣기 좋은 말은 아니라고 생각했다. 꾸역꾸역 버틸지언정 포기한 적은 없었던 나는 멈추는 법을 알지 못했다. 설사 그만두기로 결정한다면 그만두는 대신 무얼 할지 미리 준비하는 게 맞다고 생각했다. 그런데 현우는 막상 그만둬도 별일 안 일어난다고 말했다. 멈추고 뭘 할지는 멈춘 다음에 생각해도 늦지 않다며 자꾸만 나를 구슬렸다. '휴학'이나 '자퇴'라는 선택지를 그렇게 쉽게 말하는 사람은 처음 봤다. 그 말을 들을 때마다 마음 한구석이 꿈틀거렸고, 시간이 흐를수록 현우의 말이 제법 그럴듯하게 들렸다. 그래서 처음으로, 다음을 계획하지 않은 채로 '아니다' 싶은 것을 멈춰보기로 했다. 그렇게 나는 휴학을 했다.

앞으로만 나아가다가 불현듯 멈추고, 긴 여행을 하며 이리저리 헤매고 다녔다. 여행을 다닐 때만큼은 크고 작은 걱정에서 멀어진 채로 내 마음이 이끌리는 곳으로 갔다. 느리고, 고요하고, 공기가 맑고, 활짝 트여 있고, 사람보다는 동물이 더 많은 곳이었다. 그곳에서 그저 살고 싶은 대로 살아보았다. 잔잔한 음악이 들려오는 카페의 구석진 자리에 앉아서 따스한 오후 햇살을 받아 반짝이는 허공의 먼지를 가만히 바라보았다. 시간이 얼마나 흘렀는지 모를 정도로 책에 홀딱 빠져 있었다. 시장에서 군것질거리를 사서 오물오물 먹으며 발길이 닿는 대로 걸었다. 그네를 타면서 콧노래를 흥얼거리고, 느긋하게 걸어가는 고양이와 발맞추어 걸었다. 여유 있게 밥을 먹고 차를 마셨다. 나는 이토록 자그마한 순간에 마음이 촉촉해졌다. 그 순간을 잊고 싶지 않아서 사진을 찍고, 글을 쓰고, 그림을 그렸다. 그제야 비로소 몸과 영혼이 발맞추어 걸어가고 있다고 느껴졌다.

느릿느릿 살아보니 그동안 지나치게 많은 일을 하며 짓눌려 살았고, 다른 사람이 하라는 대로만 하며 살았다는 것을 알게 되었다. 멈추어보니 지금까지 어떻게 살아왔는지 또렷하게 보였다. 마음이 어떤지는 살피지 않고 그저 앞만 보고 계속 달렸던 것이다. 그러니 삶이 늘 힘들다고 느껴질 수밖에. 지난날의 내가 가여웠다. 이제는 내가 나를 지켜줘야 했다.

도망친 곳에서 만난 행복

서울을 떠나 동해에서 살기로 결심했을 때 가족과 친구 모두 나를 걱정했다. 심심하고 가난한 미래가 상상되었기 때문일까. 하지만 나는 내가 어디서 살아야 행복한지 알고 있었기 때문에 불안하지 않았다. 느리고 고요하며 언제든 바다의 품에 푹 빠져 있을 수 있는 동해는 내가 살아가기에 알맞은 곳이었다.

동해에서 살면서 깨달은 건, 환경이 바뀌면 마음도 달라진다는 것이다. 삶터뿐 아니라 어울리는 사람, 자주 가는 공간, 매일

보는 책과 영상도 환경이 될 수 있다. 어떤 사람에게는 환경이 그리 중요하지 않을 수도 있다. 현우는 바쁜 학교에서도, 정신없는 서울에서도 에너지가 소진되지 않고 제 속도대로 잘 살았다. 하지만 나에게 서울은 지나치게 빨랐다. 아무리 마음을 느긋하게 먹어보려고 해도 지나치게 바쁘고, 지나치게 많이 일하고, 지나치게 많은 사람을 만나면 삶이 금세 못마땅해지고 생기를 잃었다. 마음을 곱게 먹어보려 해도 어찌할 수 없는 환경이 있었다. 내 삶이 좋아지려면 환경을 바꾸어야 했다.

동해에서 나는 사람보다 동네 고양이들과 자주 어울렸다. 어느 날, 마당으로 찾아온 고양이가 내 무릎으로 폴짝 뛰어오르더니 이내 드릉드릉 코를 골며 낮잠을 잤다. 읽던 책을 조심히 덮고는 가만히 고양이와 숨소리를 맞추었다. 폭탄이 떨어져도 괜찮겠다는 생각이 들 정도로 마음이 편안했다. 행복의 끝이 있다면 여기가 아닐까. 그저 지금으로 충분했다.

나는 마음에 빨간 불이 켜질 때마다 도망쳤고, 그 덕에 좀 살 만해졌다. 그래서 질문을 주신 분께 이렇게 답했다.

“환경을 바꿔보는 것도 한번 생각해보면 어떨까요? 나를 힘들게 만드는 환경으로부터 도망치는 것이 제가 먼저 한 일이에요.

환경의 변화가 있지 않은 이상, 마음을 어찌 해보려는 것도 한계가 있더라고요. 나를 좋은 환경에 두는 것도 나를 보살피는 하나의 방법이에요. 세상은 거친 환경에서도 능숙하게 살아남아야 한다고 말하지만, 저는 그렇게 생각하지 않아요. 사람마다 견딜 수 있는 환경이 다르니까요."

파도가 치지 않는 곳은 없으니까

내게 행복을 가져다준 동해에서도 마음이 무너지는 일은 종종 일어났다. 며칠 내내 화장실 변기를 사용할 수 없어서 어쩔 줄 모르고 있는데도 집주인은 '돈이 많이 든다'며 해결을 미루었다. 그때는 집주인도, 오래된 주택도 그저 짜증나고 미웠다. 또, 일을 하다가 실수로 누구를 화나게 하면 하루 종일 골방에 틀어박혀 내 바보 같은 실수를 탓하고 속상해했다. 그때는 고양이의 사랑스러운 숨소리도, 바다의 너른 품도 나를 달래주지 못했다.

'이젠 어디로 도망쳐야 하는 거지……'

더 이상 도망칠 곳이 없었다.

가끔 바닷가에서 높은 파도를 볼 때면 나를 힘들게 하는 일이

저 거센 파도 같다고 생각하곤 했다. 서울에서 살 때에 비하면 나를 힘들게 하는 파도는 많이 줄어들었지만 여전히 파도는 쳤다. 파도가 없는 곳은 어디에도 없었다. 어디를 가더라도 파도를 피할 수는 없으니, 이젠 파도를 마주해야 했다. 어떻게 파도를 마주할 수 있을까? 답은 간단했다. 큰 파도가 오기 전에 잔잔한 파도에서 매일매일 파도 타는 연습을 하는 것.

마음의 힘을 기르기 위해 나는 하루 중 언제 내 마음이 가장 편안한지 살폈다. 나는 해뜨기 직전부터 해가 떠오르기 시작하는 사이의 어스름한 시간을 좋아한다. 어두컴컴한 밤에는 불안한 생각이 꼬리에 꼬리를 물고 이어지는데, 환한 아침에는 나를 괴롭혔던 불안도 잠잠해져서 조금 다르게 생각해볼 수 있기 때문이다. 그래서 나는 조금 더 일찍 자고 조금 더 일찍 일어나기로 했다.

흐트러진 마음에 단정한 무늬를 그리다

동트기 전 홀로 일어나 조용히 책상에 앉았다. 그리고 일기를 썼다. 매일매일 비슷한 하루였지만, 어제 무슨 일을 했고 어떤 마음이 들었는지 돌아보며 기록할 거리를 찾아냈다. 평범한 하루를 살아낸 나의 노력을 소중히 여기고 싶었고, 누구보다 내가 먼저 나의 노력을 알아주고 싶었기 때문이다.

영상 하나를 만들기 위해서는 아침부터 저녁까지 현우와 생각을 주고받고, 글을 쓰고, 촬영을 하고, 편집을 해야 한다. 하지만 이 한 문장엔 그 과정에 내가 기울인 열정과 노력을 촘촘히 담을 수 없다. 남는 건 조회 수와 댓글뿐이기에 노력한 시간을 잊기 십상이었고, 마음은 어김없이 조회 수와 댓글에 흔들렸다. 사람들이 '영상이 좋다'고 하면 기분이 들떴고, 별로라고 하면 기분이 가라앉았다.

나는 매일 아침일기를 쓰며 미래의 나에게 '결과가 어떻든 매일 열심히 노력한 시간을 잊지 말라'고 말해주었다.

그리고 결과에 마음이 흔들릴 때, 일기는 나에게 말했다.

'너는 어제도 열심히 했고 그제도 열심히 했고 한 달 전에도 열심히 했어. 멈추어 있지 않고 매일매일 최선을 다했어. 이 정도면 충분히 칭찬받을 일 아닐까?'

일기장에 빼곡하게 쓰인 기록들을 보면 나의 노력을 인정할 수밖에 없었다. 일기를 쓰면서 나는 결과가 어떻든 '충분히 잘했다'고 다정한 말을 건넬 수 있었다.

동이 틀 무렵에는 책을 펼쳤다. 누구도 말을 걸지 않는 고요한 새벽, 마음은 맑고 또렷해졌다. 한 문장 한 문장 꼼꼼하게 읽고, 다 읽으면 첫 장으로 돌아가 마음에 오래 머무르는 말을 따라 적었다. 좋은 책은 마음에 단정한 무늬를 그려주었다.

책을 읽는다고 화나는 마음이 곧장 너그러워지거나 골머리를 앓던 문제가 단숨에 풀리는 건 아니었다. 다만 책은 내가 어떻게 살아가야 하는지, 어떤 마음을 품어야 하는지, 지금 당장 무엇을 해야 하는지 자그마한 실마리를 주었다. 나는 말 없는 책이 가리키고 있는 그곳을 물끄러미 바라보다가 어렵사리 발걸음을 떼었다.

생각 속에 살지 않기 위해 산책을 한다

사는 게 죽는 것보다 어렵지 않을까 생각한 적이 있다. 땅거미가 지기 시작할 즈음, 강을 따라 걸었다. 사람들은 저마다 다른 걸음걸이와 다른 속도로 걷고 있었다. 아이들이 왁자지껄 뛰어다니고 엄마 아빠는 종종거리며 따라갔다. 어떤 개는 저와 똑 닮은 사람과 나란히 걸어가다가 갑자기 똥오줌을 쌌고 사람은 그

걸 치웠다. 지극히 일상적인 풍경이었다. 내 머릿속 세상은 어둡고 침울하기 짝이 없는데, 멀리서 바라보는 세상은 이토록 가볍고 우스웠다. 대수롭지 않은 풍경을 보고 있으니 풉, 웃음이 났다.

'아마 내일도 이렇겠지. 내가 죽든 죽지 않든.'

저기 저 사람들이 얼마나 힘든 시간을 겪고 있든 멀찍이 바라보는 내 눈에는 그저 평범한 풍경의 일부이듯이, 나도 누군가에게는 딱 그 정도일 거란 생각이 들었다. 그게 참 다행스럽게 느껴졌다. 어째서 안심이 되었는지는 모르겠지만. 그날 강을 따라 걸으며 마음의 짐 한 덩어리를 덜어냈다.

맑은 날에도, 궂은 날에도, 마음이 환할 때나 캄캄할 때도 혼자 느릿느릿 동네를 거닐었다. 생각의 소리가 아닌 숲의 소리에 귀 기울이고, 땅의 촉감을 느끼며 한 걸음 한 걸음 걷다 보면 내가 지금 어디에 있는지 비로소 알아차렸다. 마음은 가끔 지금 여기가 아니라 지나치게 먼 곳에 가 있었다. 산책은 먼 곳에 가 있던 마음을 지금 여기로 되돌려 보냈다.

걷다 보면 자연스레 마음이 이끌리는 곳을 만나곤 했다. 나는 언제나 숨 쉴 구멍이 필요했다. 그곳은 아무도 나를 찾을 수 없는 숨겨진 카페이기도 했고, 고요한 호수 곁에 있는 작은 나무 의자이기도 했고, 도서관 안쪽 구석자리이기도 했다. 그 누구에게 방

해받지 않고 혼자 있어도 아늑한 곳. 그곳에서 나는 아주 천천히, 깊게 숨을 쉬었다.

동해에서는 집 근처의 야트막한 언덕이 나의 숨 쉴 구멍이 돼주고 있다. 사람의 발길이 거의 닿지 않는 숨겨진 언덕이다. 기다란 나무 의자 하나와, 의자를 둘러싼 나무들이 전부인 곳. 그 의자에 앉아 시집을 꺼내 아무 페이지나 펼치고 조용조용 시 한 편을 읊조리곤 한다. 고개를 들면 우거진 나뭇가지와 널따란 하늘, 멀리 바다 너머 해가 보인다. 해는 날마다 떠오르며 눈을 뜨지 못할 만큼 환하게 세상을 밝혀준다. 흐린 날에도, 맑은 날에도 한결같이. 새삼 코끝이 시큰하고 눈시울이 뜨거워진다.

서울에 잠시 머무르던 어느 날, 창밖 아파트 숲 너머로 해가 빼꼼, 조그맣게 떠오르는 것이 보였다. 한자락 햇볕이 내 손등에 살포시 내려앉았다. 조용히 햇살을 느끼며 해의 목소리를 상상했다.

'나는 이곳에 있든 저곳에 있든 매일매일 내 몫을 할 뿐이야.'

바쁘고 어수선한 서울은 내가 살 만한 곳이 아니라고 늘 생각해왔지만, 해는 어디서든 따뜻했다. 나도 해처럼 서울이든 동해든 어디서든, 한결같이 제 빛을 비추며 살고 싶다 생각했다.

보이지 않는 마음의 짐

마음은 늘 이랬다 저랬다 변덕을 부린다. '좋아!'라고 말하기보다는 '싫어!'라고 툴툴대기를 더 좋아한다. 내 마음은 유독 변덕이 심해서 꼬박꼬박 맞춰주기가 참 어렵다. 그런데 매일 아침 일기를 쓰고 책을 읽고 산책을 하면서 마음이 조금씩 순해져갔다. 마음이 하나의 느낌만 붙잡고 있을 때, 나는 한 발짝 물러서서 마음을 바라보았다. 그러면 마음이 다른 이야기를 시작했다.

'어? 지금 보니 그게 전부가 아니었네?'

마음은 금세 말을 바꿨다.

'미니멀 라이프'라는 말을 '내게 불필요한 짐을 덜어내고 필요한 것만 가지고 살아가는 가뿐한 삶'이라고 풀어본다면, 내가 아무래도 비워내기 어려웠던 짐은 다름 아닌 '마음의 짐'이었다. 슬픈 기억은 지금 이 순간을 누리지 못하게 했고, 누구를 미워하는 마음은 또 다른 누군가를 사랑하지 못하게 했고, 서투른 내 모습을 부끄러워하는 마음은 내가 애쓰는 모습을 기특하게 여겨주지 못하게 했다. 마음의 짐은 눈에 보이는 물건과 달리 꼭꼭 숨어 있어서, 깊숙이 들여다보지 않으면 얼마나 쌓여 있는지 알 수가 없었다. 그러다 무너져 내리면 그제야 내가 얼마나 무거운 짐을 지고 있었는지 알게 될 뿐이었다.

책에서 만난 마음 공부 선생님들은 '마음이 단단하면 어디에 살든, 어떤 일을 겪든 고요하고 평온할 수 있으며, 다가오는 일들을 나만의 리듬으로 살아갈 수 있게 된다'고 하나같이 입을 모아 말했다. 정말 그런 듯하다. 서울에서 동해로 오면서, 그리고 매일 매일 살뜰하게 마음을 보살피면서 나는 전보다 덜 무너지고 있으니까. 하지만 또다시 무너져도 괜찮다. 그럼 다시 일어나는 새로운 방법을 배우게 될 테니, 오히려 반가운 일이다!

파도가 없는 곳은 어디에도 없으니
이젠 파도를 마주해야 했다.

답은 간단했다.
큰 파도가 오기 전에 잔잔한 파도에서
매일매일 파도 타는 연습을 하는 것.

당신을 설명해주는 단어는 무엇인가요?

나와 잘 지내는 데 껍데기는 필요 없습니다

현우

나를 둘러싼 반쪽짜리 포장지

고등학교 졸업 직후 '뭐 하고 지내냐'라는 질문을 제일 많이 들었다.

"농산물시장에서 귤을 팔아보기도 했고요. 나를 알아갈 수 있는 대화를 하는 모임을 운영하기도 했고요, 디자인적 사고를 가지고 문제를 풀어보는 일을 해보기도 했고 또……"

내가 말을 하면 할수록 상대방은 점점 더 의아해하는 표정이 되었다.

"나를 알아가는 모임은 뭘 하는 모임이에요?"

"디자인적 사고는 또 뭐고, 어떤 문제를 푸는 건데요?"

내가 해왔던 일을 말하기 위해 덧붙여야 하는 말들이 길어졌다. 어디에 소속되어 어떤 일을 하고 있는지 뚜렷하다면 내가 누구인지 알려주는 게 조금은 쉬울 텐데, 난 그렇지 못했다. 어느 순간부터는 그리 오래 볼 사이가 아니다 싶으면 대답을 피하거나 그럴듯한 말로 나를 꾸며댔다. 매번 구구절절 이야기하는 게 지치기도 했고, 그편이 상대방이 알아듣기에 쉬웠으니까. 하지만 어영부영 넘어가는 일이 되풀이되다 보니 나를 제대로 설명하지 못하는 내 모습이 떳떳하지 않게 느껴졌다.

그래서 나는 내가 해온 다양한 일을 블로그에 기록하기 시작했고, 이 글에 '자기 탐구 보고서'라는 이름을 붙였다. 어떤 이유로 그 일을 했고, 그걸 통해 무엇을 배웠고, 일을 하면서 발견한 나의 장점은 무엇인지 한곳에 모아두니 내가 더 이상 보잘것없게 느껴지지 않았다. 이걸 읽은 사람들도 전보다 나를 좀 더 이해한 듯한 표정을 지었다. 그들에게 인정받았다는 느낌이 들 때면 속으로 조금 으쓱해졌다.

하지만 이 글은 사실상 반쪽짜리였다. 좋아 보이는 모습만 썼기 때문이다. 책임감 없이 그만둔 일, 어려워했던 일, 내가 얼마나 끈기 없는 사람인지에 대해서는 쓰지 않았다. 내가 보잘것없는 사람이라는 걸 인정하고 싶지 않은 마음에, 돋보일 만한 모습만 골라 은근히 내세우고 부족한 모습과 부끄러운 모습은 꽁꽁 숨겼다.

사실 나는 나를 꾸미지 않고 있는 그대로 솔직하게 드러내는 일이 쉽지 않았다. 그래서 자꾸만 포장지를 둘렀다. 포장지를 두르면 내가 제법 괜찮은 사람이 된 듯 보였지만 속으로는 알고 있었다. 이걸 모두 벗겨내면 나란 사람은 그리 멋지지 않다는 걸. 나를 둘러싼 포장이 두껍고 화려해질수록 까발려지는 것에 대한 두려움은 더 크게 자라났다.

나도 몰랐던 내 안의 계급의식

지난날을 돌아보면 나도 모르게 포장지를 두른 때가 한두 번이 아니었다. 그 경험을 가장 강렬하게 했던 곳은 다름 아닌 군대였다.

군대에 가면 모두가 같은 존재가 된다. 모두 똑같은 옷을 입고, 똑같은 물건을 사용하고, 똑같은 음식을 먹고, 똑같은 머리 모양을 하고 있다. 다른 게 있다면 가슴팍과 모자 한가운데 달려 있는 계급장뿐이다. 군 생활을 함께한 많은 사람이 계급이 올라갈수록 태도가 달라졌다. 말투는 거칠어졌고, 걸음걸이와 옷매무새는 점점 헝클어졌다. 입대 초엔 잔뜩 기죽어 지냈던 사람들이 언제 그랬냐는 듯 기세가 등등해지고 뻔뻔해졌다. 그들 역시 후임 시절 선임들의 거친 행동에 숱하게 상처받고 지내왔는데, 입장이 바뀌자 자신에게 상처 준 선임의 행동을 그대로 따라하고 있었다. 안타까웠다. 비록 우리가 군인이지만, 서로를 계급이 아닌 사람으로 보며 최소한의 예의를 갖추면 좋겠다고 생각했다.

일단 나부터 달리 행동하기로 마음먹었다. 후임들에게 예의 없는 장난을 걸거나 개인적인 심부름을 시키지 않았고, '선임이 되더니 맡은 일을 제대로 안 한다'는 이야기를 듣지 않도록 일을 더 하면 더 했지 덜 하지는 않았다. 나아가 언제부터 있었는지 모를 관습을 나부터라도 깨보고 싶었다. 당시 함께 생활하던 사람이 60여 명이 넘었는데, 언제 어디서든 선임을 만나면 경례를 해야 했다. 복도에서, 근무지에서, 식당에서, 독서실에서 마주칠 때마다 계속해서. 하루에도 수백 번씩 받는 경례가 부담스러웠던 나는 후임들에게 '나한테는 매번 경례하지 않아도 괜찮다'고 누누이 말했다. 후임들은 처음엔 어색해했지만 점차 나에게 경례를 하지 않는 게 자연스러워졌다. 그런데 그즈음, 고이 잠자고 있던 내 안의 계급의식이 불쑥 튀어나왔다.

'걔는 선임을 보고 경례도 안 하네……'

그간 내가 뱉어온 말과 정반대의 속마음을 마주할 때마다 적잖이 당황스러웠다.

'사람 대 사람으로 대해야 한다며 혼자 온갖 잘난 척은 다 하더니, 나 역시 다를 바 없는 사람이었구나……'

사람을 계급으로 대하는 건 옳지 않다 생각한 내게도 계급의 단맛을 맛보려는 마음이 있었다. 쓰레기장 청소와 같이 귀찮고 하기 싫은 일은 후임들에게 미루고 싶었고, 컴퓨터를 쓸 때는 순서를 기다리고 싶지 않았다. 후임들이 먼저 "제가 쓰레기장 청소하겠습니다"라고 말하지 않거나, 컴퓨터 책상에서 눈치껏 비켜주지 않는 모습을 보면, '나 때는……' 하는 속마음이 스멀스멀 올라왔다. 차마 그런 속내를 입 밖으로 꺼내지는 않았지만, 나 역시 후임이라는 존재를 '내가 누리는 것을 동등하게 누릴 수 있는 사람'으로 여기지 않는 순간이 종종 있었다. 불공평한 장면들을 보며 무수히 다진 결심이 무색하게도, 계급이 너무나 중요한 사회에 있으니 계급의식에서 완전히 자유롭지 못했다.

포장지는 언젠가 사라진다

군 생활을 하는 동안 계급은 나를 두른 두터운 포장지였다. 나는 아무 노력 없이 얻어지는 계급에 취해 함부로 우월감을 느꼈다. 찬찬히 들여다보면 사사로운 것들에서 그런 포장지를 많이 찾을 수 있다. 가령 나는 사과 모양 로고가 새겨진 애플 노트북이 정말 멋지다고 생각한 나머지, 한때 그 노트북을 사용하는 내가 꽤 멋지고 능력 있는 사람이라 착각했다. 반쪽짜리 자기 탐구 보고서도, 군대의 계급도, 애플 노트북도 다 마찬가지였다. 보고서를 쓰기 전과 후의 나, 계급을 달기 전과 후의 나, 노트북을 사용하기 전과 후의 나는 모두 같은 사람인데, 나는 종종 그 껍데기를 내세워 내가 좀 더 근사한 사람이 되었다고 생각했다.

나이가 몇 살인지, 무엇을 가졌는지, 어떤 일을 하는지, 돈을 얼마큼 버는지, 몸매가 어떤지, 얼마나 인기 있는지 등등이 모두 그런 포장지가 될 수 있다. 그 포장지가 초라하거나 화려하다고 해서 '나'라는 사람이 달라지는 건 아니었다. 달라지는 게 있다면 타인이 자신을 대하는 태도 정도일까.

물론, 포장지가 무조건 가치 없다는 말은 아니다. 나이는 그 사람에게 쌓인 경험과 지혜를 말해주는 척도가 될 수 있고, 집은 살아가는 데 꼭 필요한 자원이고, 내가 한때 반감을 가졌던 계급 역시 군대라는 집단이 제대로 돌아가기 위해 어쩔 수 없이 필요한 시스템이다. 그것을 갖기 위한 인간의 욕망과 노력을 나무랄 수도 없다. 다만, 포장지를 자신을 돋보이게 만드는 도구로 쓰거나, 자신보다 더 중요하게 여기는 건 곤란하지 않을까.

많은 사람이 더 풍족한 돈, 더 많은 구독자, 더 높은 계급, 더 좋은 몸매를 갖고 싶어 하지만, 대체로 성공보다 실패할 확률이 높고 그럴 때마다 좌절하고 우울에 빠지기 쉽다. 성공하면 성공한 대로 그 포장지가 언제 다시 사라질지 몰라 두려움에 사로잡히는 경우를 많이 보았다.

내가 주목한 건, 포장지는 언젠가 사라진다는 사실이다. 제대를 하면 계급장은 사라지고, 튼튼했던 몸은 약해지고, 인기는 사그라들고, 가지고 있는 돈과 물건도 언제까지고 쥐고 있을 수 없다.

이렇게 말하는 지금도 나는 여전히 포장지를 두른다. 운동을 열심히 한 날에는 괜히 거울 앞에서 허리를 꼿꼿하게 펴보기도 하고, 통장에 쌓인 돈을 보며 만족스러워하기도 한다. 그럴 때는 그냥 '내 안에 자랑하고 싶은 마음이 있구나' 하며 잘난 척하고 싶어 하는 마음을 받아들여준다. 이것이 내가 나와 잘 지내는 하나의 방법이다. 노력으로 만든 포장지를 자랑하고 싶은 마음도, 내가 제법 괜찮은 사람이라 인정받고 싶은 마음도 있는 그대로 받아들여주는 것. 내 마음을 내가 먼저 받아들여주고 인정해주자, 남들에게 돋보이고 싶어 하는 마음은 서서히 사라졌다.

두려움이 나를 공격할 때

혼자 인도에 갔을 때, 비행기에서 내린 순간을 잊지 못한다. 코끝으로 강하게 스미는 매캐한 냄새, 총을 들고 공항을 지키는 무표정한 군인들(생각해보니 그들이 웃고 있는 게 더 의심스럽다!), 말을 걸어도 도와주지 않는 사람들(영어를 몰랐으니까!), "노노노!"라고 몇 번을 말해도 끈질기게 팔을 붙잡던 택시 기사들까지. 어두컴컴한 새벽이어서 더욱 그랬는지 몰라도 나는 움츠러들었고, 두려움에 벌벌 떨었다.

도저히 공항 밖으로 나갈 용기가 나지 않아 동이 트기 전까지는 공항에 있기로 했다. 공항 구석에 앉아 두 다리 사이에 배낭을 끼운 채로 잠시 눈을 붙이려 했지만 그마저도 여의치 않았다. 나를 쳐다보는 따가운 눈빛들 때문에 쉬이 잠들 수가 없었다. 피부

색도 생김새도 다른 나를 인도인들은 쉬지 않고 뚫어져라 쳐다봤다. 내가 잠든 사이에 가방을 훔쳐가려는 것은 아닐까 두려워 제대로 눈을 붙일 수도 없었다. 결국 나는 작은 수첩을 꺼내 들고 그 순간 떠오르는 모든 생각과 감정들을 적어 내려갔다.

'하루 빨리 한국으로 돌아가고 싶다……. 그저께까지만 해도 편안한 집에 있었는데 나는 왜 지금 여기에 왔을까……. 집 나오면 개고생이라더니. 그나저나 다들 왜 이렇게 표정이 무서운 거야…….'

닥치는 대로 쓰다 보니 문득 깨달은 바가 하나 있었는데, 바로 내게는 아직 어떤 일도 일어나지 않았다는 것이었다. 어느 누구도 나를 해치려 들거나 물건을 빼앗으려 들지 않았고, 택시 기사를 제외하고는 먼저 말을 거는 사람도 없었다.

'뭐 때문에 이렇게 두려워하고 있는 거지?'

매캐한 냄새, 총을 든 군인들, 나를 끈질기게 붙잡는 택시 기사들, 그리고 내 얼굴을 뚫어지게 쳐다보는 사람들을 보며 나는 일어나지도 않은 일을 지레 상상했다. 내 몸과 마음은 상상을 이미 일어난 일로 받아들였고, 식은땀까지 날 정도로 겁이 났다. 처음으로 '상상만으로도 몸과 마음이 이렇게나 힘들 수도 있구나'라는 걸 알았다.

비슷한 일이 또 한 번 있었다. 몇 년 전 이사 갈 전셋집을 구할 때였다. 나는 지역신문에서 괜찮아 보이는 집을 발견하고 곧바로 계약을 결심했다. 중개사를 끼지 않고 집주인과 직거래를 하기로 결정했고, 전세금 중 일부인 5백만 원을 그 자리에서 바로 입금했다.

문제는 집에 돌아온 뒤 시작되었다. 계약할 때 뭘 주의해야 하는지 자세히 알아보지 않은 채로 덜컥 계약한 게 문득 마음에 걸렸고, 뒤늦게 이것저것 검색해보기 시작했다. 그때 우리는 계약 전 으레 살펴봐야 하는 등기부등본조차 확인하지 않았다는 걸 깨달았다. 부랴부랴 확인해보니 채무액이 상당히 많았다. 슬슬 불안감이 밀려왔다.

'만약 집주인이 은행에 빌린 돈을 못 갚으면 전세금을 돌려받지 못할 수도 있겠네……?'

'에이, 설마…… 그렇게 안 좋은 일이 일어나기야 하겠어…….'

너무 걱정 말자며 짐짓 마음을 달랬지만, 한 번 솟아난 걱정은 게임기 속 두더지처럼 여기서 불쑥, 저기서 불쑥 머리를 내밀었다. 만약 전세금을 돌려받지 못하면 어떻게 될까? 집주인을 평생 미워하게 될 것이고, 등기부등본조차 확인하지 않고 계약한 나를 평생 자책할 것이고, 전세금을 돌려받기 위해 오랜 기간 아등

바등 애를 쓸 것이었다. '그냥 계약을 취소할까?' 생각하면 또 한 가지 걱정이 딸려왔다. '임차인이 계약을 취소할 시 계약금은 돌려받지 못한다'라는 내용이 계약서에 떡하니 적혀 있었기 때문이다. '5백만 원을 확실히 날려먹을 것이냐', '5천만 원을 날려버릴지도 모른다는 불안감을 품고 지낼 것이냐' 하는 선택 사이에서 잠도 못 자고 밥도 못 먹으며 고민했다. 머릿속은 엉망진창이었고, 이런저런 가능성을 상상하다 보면 심장은 쿵쾅쿵쾅 뛰었다. 상상 속에서 나는 이미 전세금 5천만 원을 날린 불행한 사람이 되어 있었다.

결국 계약을 취소하기로 했다. 계약금을 돌려받지 못한다 하더라도 내 실수니 어쩔 수 없다고 생각하기로 했다. 그런데 걱정과는 달리 집주인은 5백만 원을 흔쾌히 돌려주었다. 묵은 체증이 쑤욱 내려갔다. 그제야 우울함은 기쁨이 되었고, 원망스러운 마음은 감사한 마음으로 바뀌었다. 2년이 지나고, 우연히 그 집을 지나친 적이 있었다. 집주인은 여전히 1층에서 장사를 하고 있었고, 내가 상상했던 나쁜 일은 전혀 일어나지 않았다. 온갖 상상의 나래를 펼치며 불안에 떨었던 과거의 나를 떠올리니 우습기 짝이 없었다.

떠오르는 생각과 거리를 둔다

두려움과 불안감이 눈앞을 가릴 땐 현재 자신에게 일어난 일을 똑바로 보기가 어렵다. 불안은 돋보기와 같아서, 지극히 미세한 가능성도 크게 부풀려 마음을 압박한다. 나는 불안이라는 커다란 돋보기를 눈앞에 두고 집주인을 사기꾼으로, 인도인을 도둑으로 상상했고 심지어 그 상상을 믿기까지 했다. 큰일을 앞두고 신중하고 조심해야 하는 것은 맞지만, 지나친 두려움은 헛된 상상을 불러오고 그건 내 몸과 마음을 힘들게 한다는 걸 알게 되었다.

> '나는 생각한다'는 말은 '나는 소화한다', '나는 혈액을 순환시킨다'는 말과 마찬가지로 틀린 문장이다.
>
> – 에크하르트 톨레, 『삶으로 다시 떠오르기』

내 몸이 내 의지와 관계없이 알아서 소화를 시키고 혈액을 순환시키듯, 생각도 마찬가지다. 생각은 내 의지와 무관하게 불쑥 떠오른다. 특히 어떤 감정에 붙잡혀 있으면 감당할 수 없을 정도로 많은 생각이 꼬리를 물고 이어진다. 생각이나 감정은 눈 깜짝할 사이에 생겼다가 다시 사라진다. 어디에서 무엇을 하고 무엇을 보는지에 따라서도 휙휙 변한다. 그래서 이제는 불현듯 머리를 스치는 생각이나 감정을 단번에 믿지 않으려고 한다. '떠오른' 생각이 아니라 '떠올린' 생각만 믿으려고 한다. 좋지 않은 생각이나 감정에 빠질라 치면, 내가 있는 곳과 보는 것, 하고 있는 것을 바꿔보기도 한다. 해변으로 나가 느긋하게 걷거나 힘차게 자전거 페달을 밟기도 하면서.

언젠가 동네를 산책하다가 '길 없음'이라 적힌 표지판을 본 적이 있다. 삐뚤빼뚤한 글씨로 쓰인 그 표지판은 '여기서부터는 길이 없으니 돌아가세요'라고 경고하고 있었다. 돋보이고 싶어서 포장지를 둘렀던 경험들, 두려움과 불안감에 붙잡혀 있던 경험들은 내게 '길 없음' 표지판과 같았다. 어디로 가야 할지는 말해주지 않고 다만 멈추어 다시 생각해보라고 말해준 표지판들. 앞으로도 수많은 표지판 앞에서 어디로 가야 할지 고민하게 되겠지만, 최소한 마음이 가야 할 길은 알려줄 수 있을 것 같다. 집착하지 말라고, 이 포장지는 네가 아니라고. 불안한 생각과 두려운 마음도 네가 아니고, 너를 돋보이게 하는 포장지가 언젠가 사라지듯 불안과 두려움도 결국 사라질 거라고. 그러니 마음에 너무 꽉 붙잡혀 있지 말라고.

떠나보내고 싶은 미움이 있나요?

오늘의 기억은 오늘의 내가 선택합니다

하윤

잊히지 않는 원망의 기억

시간이 흘러도 희미해지기는커녕 점점 더 생생해지는 기억이 있다. 그런 기억은 늘 똑같은 이야기를 되풀이하며 나를 과거로 데려간다.

고등학교 3학년, 한창 대학 입시 상담을 할 때였다. 가만히 서 있기만 해도 땀이 줄줄 흐를 정도로 무더운 여름이었다. 교실 앞에 다다랐을 때 엄마의 얼굴은 이미 땀으로 범벅이 되어 있었다. 가파른 계단을 오르느라 숨이 찬 와중에도 엄마는 나를 보자마자 환하게 웃으며 손을 흔들었다. 우리는 순서를 기다렸다가 함께 상담실로 들어갔다. 선생님은 엄마한테 인사한 뒤, 책상에 놓인 종이뭉치를 집어 들었다. 그 종이에는 3년간의 내신 성적, 모의고사 성적, 대외 활동과 공인 영어 점수가 적혀 있었다.

조용히 종이를 훑어보던 선생님이 이내 픽, 웃었다. 그러고는 이렇게 말했다.

"하윤이는 뭐가 없어서……."

선생님은 '그냥 수능 공부를 열심히 하라'고 했고, 엄마는 아무 말 없이 그 말을 듣고 있었다. 나는 기가 막혔다. 겨우 이게 다라고? 이런 말 하려고 엄마를 여기까지 부른 거야? 얼굴이 빨개지고 눈물이 고였다. 들키지 않으려고 부단히 애썼지만 툭 치면 눈물을 쏟아버릴 것 같았다.

10분도 지나지 않아 상담실을 나왔다. 밖에서 기다리던 친구와 그의 어머니가 방으로 들어갔다. 전교 1등을 몇 번이나 한 친구였다. 선생님은 어머니가 자리에 앉기도 전에, 마치 귀한 손님을 맞이하듯 한껏 고양된 목소리로 인사했다.

"아이고, 어서 오세요!"

10분 전의 차분함은 온데간데없었다.

땀을 뻘뻘 흘리며 한 시간 동안 학교에 온 엄마는 10분 만에 집으로 돌아갔다. 나는 엄마가 계단을 내려가는 걸 보고는 곧장 화장실로 뛰어 들어가 변기에 앉아 꺼이꺼이 울었다. 엄마한테 이런 이야기를 듣게 해서 미안했고, 선생님이 그저 너무하다고만 생각했다. 아무리 그래도 사람한테 '뭐가 없다'니…… 그건 너무 나쁜 말이잖아. 3년 동안 온 힘을 다해 버티며 살았는데, 선생님의 말 한마디로 나는 한없이 초라해졌다.

10년이 지나는 동안 '이제는 다 지나간 일'이라며 잊으려 애썼지만, 아무리 생각해도 화가 나서 줄곧 선생님을 미워했다. 기억은 사라지지 않고, 누군가로부터 평가를 받을 때마다 불현듯 그때의 일이 떠올랐다.

'다시 초라해지고 말 거야.'

나는 평가를 마주하기도 전에 도망쳤다.

원망을 내려놓으니 사랑이 그곳에 있었다

어떤 기억은 다가오는 일을 기쁜 마음으로 맞이하기보다 조심하고 의심하게 만들었다. 삶은 점점 더 피곤하고 어려워졌고, 마음의 짐이 차곡차곡 쌓여갔다. 계속 이렇게 힘들게 살아가야 할까 싶어 막막했다.

요가를 하고, 책을 읽고, 사람을 만나면서 마음의 짐을 덜어낼 수 있는 방법을 찾아다녔다. 어떤 선생님은 마음도 운동이 필요하다고 말했다. 바른 자세로 꾸준히 운동하면서 몸이 튼튼해지듯이, 꾸준히 바른 방향으로 마음 공부를 해야 마음도 튼튼해질 수 있다고, 그렇게 마음에 힘이 생기면 어떤 일이든 능숙하게 살아낼 수 있다고. 마음을 가꾼다니…… 처음 듣는 이야기였다.

이른 새벽, 책을 읽다가 한곳에 눈길이 멈추었다.

일반적으로 여러분은 자신에게 닥친 일들을 대할 때 생각에 반응하는 것과 똑같이 반응합니다. 판단하거나 없애려고 합니다. 기분이 앞에 놓인 일에 달려 있기 때문에 삶은 롤러코스터를 타는 것과 같습니다. 여러분은 자신이 어떻게 반응하는지를 보기도 전에 보거나 들으면 즉시 버튼을 눌러버립니다. 눈앞에 놓인 일을 여러분의 기대, 두려움, 편견 또는 적대감에 따라 해석합니다. 경험하기도 전에 피해버림으로써 한두 가지 조건반사만 할 수 있게 됩니다. 이것은 상황에 맞서 창조적으로 대응하는 자신의 능력을 포기하는 것입니다.

– 스와미 라마, 『행복하게 사는 기술』

내 눈은 한 문장에 멈추어 있었다.

'즉시 버튼을 눌러버립니다.'

그때 알았다. 나는 어떤 일을 겪을 때마다 감정 버튼을 즉시 눌러버렸다는 걸.

'충분히 생각해보고 버튼을 누를 수는 없었을까? 버튼을 누를지 말지, 이 버튼을 누를지 저 버튼을 누를지 생각할 시간을 가져본 적이 있었나?'

나는 그런 선택이란 걸 할 수 있다는 것조차 모르고 살았다.

선생님을 미워하게 된 그 기억을 떠올려보았다.

'그때, 원망 말고 다른 선택의 버튼은 없었을까?'

노트를 펼치고 기억을 적어 내려갔다. 수없이 되풀이한 이야기를 적으면서, 또다시 선생님이 미워졌다. 마음에는 찐득찐득한 얼룩이 덕지덕지 붙어 있었다. 가슴 깊은 곳이 따끔따끔하고 눈물이 차올랐다. 아무래도 원망 말고 다른 선택지는 없는 듯했다.

한숨을 쉬며 기억을 떨쳐버리려는 찰나, 마음이 내게 물었다.

'그날 밤엔 무슨 일이 있었지?'

선생님과 상담을 했던 그날, 야간자율학습을 마치고 집으로 향했다. 눈물을 한 바가지 쏟은 탓에 몸이 축 늘어져 있었다. 엄마는 지하철역 앞에서 기다리고 있었고, 나를 보자마자 꼭 껴안아주었다.

"만두랑 우동 먹을래?"

우리는 포장마차에서 만두 한 접시와 우동 한 그릇을 먹으며 평소처럼 웃으면서 이야기를 나눴다. 눈치를 슬쩍 보았지만, 엄마는 상담에 대해 아무런 말도 하지 않았다.

하지만 엄마는 분명 알고 있었을 것이다. 내가 상담을 받는 내내 눈물을 꾹 참고 있었다는 것을. 그리고 엄마가 떠난 뒤 혼자서 많이 울었을 거라는 걸. 엄마는 나보다 나를 더 잘 아는 사람이니까. 하지만 엄마는 몇 마디 말로 섣불리 나를 위로하지 않았다. 그 대신 내 배 속에 만두와 우동을 채워주고, 이야기를 들어주고, 밤공기를 마시며 함께 걸어주었다. 그날 밤, 나는 엄마와 동네 한 바퀴를 크게 돌면서 웃었다. 그리 나쁘지만은 않던 하루였다.

그날의 기억엔 원망도 있었지만 사랑도 있었다. 10년 전, 엄마의 사랑이 너무 당연했던 그때 나는 그게 얼마나 소중한 것인지 알지 못했다. 그래서 그날의 기억에 '사랑'이 아닌 '원망'이라는 이름표를 붙였다. 그런데 원망을 내려놓고 보니 사랑이 그곳에 있었다. 원망은 나를 울게 했지만 엄마의 사랑은 끝내 나를 웃게 만들었다. 사랑의 힘은 원망보다 컸다. 나는 이 기억을 '원망하는 이야기'가 아닌 '사랑받은 이야기'로 바꾸기로 했다. 그 후로 이 기억은 좀처럼 떠오르지 않았다. 어쩌면 기억은 치유되기 위해 계속 떠오르는 것인지도 모르겠다.

나를 상처 입힌 건 나의 생각이었다

문득 궁금해졌다. 그날, 엄마의 마음은 어땠을까?

엄마는 그 상담을 제대로 기억하지 못하고 있었다. 그래서 다르게 물어보았다.

"3년 내내 성적이 안 좋았는데 내가 걱정되지는 않았어요? 어떻게 잔소리 한번 하지 않을 수 있었어요?"

엄마는 대답했다.

"열심히 하고 있다는 걸 너무 잘 아니까."

그날, 선생님은 '뭐가 없다'고 말했고, 엄마는 그 말을 흘려보냈다. 엄마는 종이뭉치 속 성적으로 나를 보지 않았고, 노력하는 나를 보았다. 엄마는 늘 나를 자랑스러워했고, 기특해했고, 내가 슬퍼할 때마다 따뜻하게 달래주었다.

어째서 엄마는 선생님의 말을 듣고도 상처받지 않았던 걸까? 반대로 나는 왜 상처를 받았던 걸까?

내 성적이 별 볼 일 없다는 건 이미 잘 알고 있었다. 돌이켜보면, 성적이 '뭐가 없다'는 건 그다지 상처 될 말이 아니었다. 나를 상처 입힌 건 나의 생각이었다. 나는 선생님이 나를 '뭐가 없는 보잘것없는 아이'로 여기고 있다고 해석했고, 사실은 나도 나를 그렇게 생각했다. 고작 이 정도의 성적밖에 받지 못하는 내가 너무 작고 한심하게 느껴졌다. 하지만 나를 부끄러워하는 마음을 받아들이고 싶지 않았고, 선생님을 탓하며 그 마음을 애써 피하려고 했다. 그때 나의 마음은 '원망'을 선택할 수밖에 없는 상태였는지도 모른다.

같은 일을 겪었지만, 엄마의 기억과 과거의 내 기억, 그리고 지금의 기억은 모두 다르다. 기억은 어떤 사건으로만 정해지는 것이 아니다. 그 일을 받아들이는 사람의 생각에 따라 달라진다. 지금의 기억은 과거의 내가 선택한 것이고, 지금 내 마음이 달라졌다면 기억은 얼마든지 바뀔 수 있다. 원망의 기억이 사랑의 기억으로 바뀐 것처럼.

느닷없이 떨어진 폭탄

폭탄은 언제 어디서 떨어질지 모른다. 그래서 두렵다. 미리 준비할 수도 없고 그저 떨어지는 걸 보고 있을 수밖에 없다. 어떤 일들은 폭탄처럼 느닷없고 무시무시하다. 얼마 전에도 내 삶에 큰 폭탄 하나가 떨어졌다.

깊은 잠에 빠져 있던 밤 12시 15분, 갑자기 밖에서 뭔가를 쾅쾅쾅 두드리는 소리가 들렸다. 눈을 비비며 꿈인지 현실인지 비몽사몽간에 정신을 차리는데 쾅쾅대는 소리는 점점 더 커져갔다. 누군가 불같이 화를 내며 소리를 지르고 있었다. 그토록 큰 고함소리를 들은 건 처음이었다.

"야! 나와! 나와봐!"

얼마 뒤 그 '쾅쾅쾅'이 우리 집 문을 두드리는 소리라는 걸 깨달았다.

심장이 튀어나올 것 같았다. 저 문 밖으로 나가면 몸이든 마음이든 상처를 크게 받을 것 같았다. 우리는 당장 나가지 못하고 조금 더 기다려보기로 했다. 몸을 작게 움츠리고 숨을 죽였다. 문은 곧 부서질 것 같았고 목소리는 점점 더 사나워졌다.

"안 나와? 나와! 야! 나와보라고!!!"

나가야 했다. 우리를 해칠까 봐 나는 본능적으로 핸드폰을 손에 쥐었다. 정신 똑바로 차리자, 마음을 단단히 먹었지만 손이 덜덜 떨렸다.

문을 열자 옆집 사람이 서 있었다. 눈에는 벌겋게 핏줄이 서 있고 눈동자는 이글이글했다. 우리를 보자마자 그는 소리쳤다.

"너 이거 뭐야!"

그가 가리킨 건 내가 저녁에 내놓은 쓰레기봉투였다. 쓰레기봉투에서 냄새가 나서 잠시 문 밖에 두었다가 저녁 먹고 버리려는 걸 깜빡한 거였다. 아차 싶었다. 나는 그 자리에서 정말 죄송하다고 용서를 구했다. 잘못했다고, 바로 치우겠다고 말하며 두 번, 세 번 허리를 굽혔다.

예상과 달리 너무 빨리 사과를 받아서였을까, 그는 당황해했다. 거친 목소리가 누그러지고 눈에도 힘이 좀 풀렸다. 그는 이어서 '그동안 참은 게 참 많았다'고 말했다. 하루 종일 쿵쿵쿵 소리가 나서 골치가 아프다고. 글 쓰고 영상 만들고 책 읽고 노트를 만드는 우리가 쿵쿵쿵 소리를 낸 적이 있었던가. 아무래도 그건 우리 잘못이 아니라고 말하려다가, 이내 마음을 접었다. 앞으로 조심하겠다고, 죄송하다고 다시 고개를 숙였다. 사실 너무 놀라서 똑바로 눈을 마주칠 자신이 없었다. 일이 더 커지지만 않았으면

해서 여러 번 사과한 뒤 쓰레기봉투를 들고 집으로 들어왔다.

벌떡벌떡 뛰는 심장이 도무지 진정되지 않아서 잠을 이룰 수가 없었다. 아무리 내가 잘못한 일이라지만 말 한번 섞어본 적 없는 이웃에게 이렇게까지 소리 지르며 화를 내도 되는 건가 싶었다. 쪽지를 남긴다거나, 먼저 인사부터 하고 부드럽게 타이르며 마음을 전할 수는 없었을까?

이불 속에서 뒤척이다가 끝내 몸을 일으켜 책상에 앉았다. 뭐라도 쓰면 마음이 나아질까 싶어서 내게 일어난 일을 적기 시작했다. 제일 먼저 '저 사람 정말 나쁜 사람이네'라고 그를 미워하는 마음을 적었다. 이어서 '내가 쓰레기를 밖에 내놓지만 않았어도 이런 일은 없었을 텐데'라고 나를 꾸짖는 마음을 적었다. 원망하다가 자책하고, 자책하다가 원망하면서 '이사를 가야겠다'는 결론에 이르렀다. 저렇게 거친 사람과 벽 하나만 사이에 두고 지낸다는 게 도저히 내키지 않았다. 그렇게 생각을 마무리 짓고 노트를 덮으려는데, 마음 한구석에서 작은 목소리가 들려왔다.

'이 일을 원망의 기억으로 남겨둬도 괜찮겠어?'

'원망'이라 이름 붙이고 기억 상자에 넣어둔 일들이 하나하나 떠올랐다. 기억들은 마음의 짐이 되어 끈질기게 따라붙었다. 미워하는 마음은 시간이 지나도 사라지지 않고 계속해서 나를 괴롭혔다. 만약 지금 이 일에 원망이라는 이름표를 붙이고 기억 상자에 넣어버린다면 이 기억도 오랫동안 나를 괴롭힐 것이 분명했다.

미워하는 마음은 잠시 멈추고, 다시 생각해보았다.

'이 기억을 덜 해롭게 가져갈 수는 없을까?'

그러자 저 사람의 마음은 어떨지 상상해보고 싶어졌다.

다음 날 아침, 다시 한 번 전날 밤 일어난 일을 생각했다. 문득 그의 손이 참 아팠겠다는 생각이 들었다. 문을 그렇게 세차게 두드렸으니 얼마나 아팠을까. 처음 본 사람한테 욕을 한 바가지 쏟고 집으로 들어갔을 때 얼마나 부끄러웠을까. 그도 기분이 썩 좋지는 않았을 것 같았다. 어쩌면 내 예상이 틀릴지도 모르지만, 애초에 나로 인해 기분이 상한 그에게 다시 한 번 진심으로 미안한 마음을 전하고 싶었다. 현우는 '굳이 그렇게까지 할 필요가 있겠냐'고 했지만, 진심이 통하든 통하지 않든 일단 내 마음이 가는 대로 해보기로 했다.

어떻게 하면 좋을지 고민하다가, 동네 빵집에서 카스테라 케이크를 사서 편지와 함께 문고리에 걸어두었다. 눈을 마주치고 직접 전할 만큼의 용기는 나지 않았다. 그게 내가 할 수 있는 최선이었다.

폭탄이 떨어진 자리에 남은 롤케이크

몇 시간 뒤, 저녁밥을 준비하고 있는데 또다시 쾅쾅쾅 소리가 났다. 정확히 말하자면 '콩콩콩'에 가까웠지만. 그때 내 심약한 마음 상태로는 '쾅쾅쾅'이든 '콩콩콩'이든 똑같이 무시무시했다. 잔뜩 긴장한 채로 "네!" 하고 문을 열었다. 이번에도 그 사람이었다.

분명 똑같은 사람인데 다른 얼굴이었다. 그의 눈에는 어색한 미소가 담겨 있었다. 그는 아무 말 없이 박스를 툭 들이밀었다. 무슨 영문인지 몰라 일단 옆집 문고리를 가리키며 "아…… 저거 제가 걸어뒀어요"라고 말했고, 그는 "아, 그래서 저도……"라며 다시 한 번 박스를 내밀었다. 나는 그제야 무슨 뜻인지 알아듣고 박스를 받았다.

"감사합니다……. 그리고 어제는 죄송했습니다."

그는 잘 들리지 않는 작은 목소리로 "너무 새벽이었는데…… 저도 미안해요"라고 답했다. 그렇게 우리는 허둥지둥 각자의 집으로 돌아갔다. 등골이 서늘하기도 하고 뜨뜻하기도 하고 묘한 기분이었다.

박스를 열어보니 롤케이크가 담겨 있었다. 폭탄이 떨어진 자리에 롤케이크가 남았다. 나와 현우는 두 손을 맞잡고 소리 없이 '만세!'를 외쳤다. 그리고 현우는 아무 말 없이 나를 뒤에서 꼬옥 안아주었다.

내가 착해서 그에게 케이크를 건넨 것이 아니었다. 나는 나를 위해 그의 입장에서 생각했다. 이 일이 분노나 원망, 미움으로 기억된다면 앞으로도 이와 비슷한 일이 있을 때마다 힘들어하고, 도망치고, 폭탄 같은 일이 점점 더 두려워질 것이었다. 과거 숱한 기억들이 마음의 짐이 되었듯이. 내가 괜찮으려면 당장 그를 좋아하지는 못해도 그의 편에 서서 마음을 헤아려야 했다. 그래야만 미워하는 마음이 두고두고 나를 괴롭히지 않을 거란 걸 알고 있었다.

롤케이크는 평범하고 촌스러운 맛이었지만 유난히 달콤했다. 그렇게 아닌 밤중에 폭탄이 떨어진 밤의 기억은 달콤한 롤케이크 맛으로 남았다.

어떤 일이 일어났을 때, 당장 떠오르는 감정으로 이름표를 붙이기 전에 '이 감정이 나한테 정말 좋을지' 묻는다면 그때부터 다른 이름표들이 나타난다. 물론 언제나 롤케이크 같은 달콤한 기억만 남길 수 있는 건 아니다. 잿더미만 가득 쌓인 채로 기억 상자에 들어갈 수도 있다. 그래도 내가 기억을 선택할 수 있다는 건 꽤나 마음이 놓이는 일이다.

고등학교 때 내가 할 수 있는 최선의 선택은 원망이었다. 사랑의 따뜻함보다 원망의 충격이 훨씬 더 컸으니까. 어쩔 수 없었던 그 선택을 다시 꺼내 다른 이름표를 붙여줄 수 있었던 건 지금의 내가 사랑을 볼 수 있는 사람이 되었기 때문이다. 지금의 나는 원망에 잠겨 있기보다 사랑에 감사하고, 폭탄에 슬퍼하기보다 롤케이크에 기뻐하는 사람이다. 그래서 내 기억 상자에 원망이 아닌 사랑을, 폭탄이 아닌 롤케이크를 담을 수 있었다. 과거 기억이든, 현재 기억이든, 모든 기억의 책임은 지금의 나에게 있다.

원망을 내려놓고 보니 사랑이 그곳에 있었다.

나는 이 기억을 '원망하는 이야기'가 아닌

'사랑받은 이야기'로 바꾸기로 했다.

끝까지 해내는 것이 어려운가요?

끈기 없는 내가 책을 쓰며 알게 된 것

현우

더도 말고 덜도 말고 딱 100일만

평생 마른 체형으로 살아온 나는 어릴 때부터 '빼빼로'니 '젓가락'이니 하는 놀림을 많이 받았다. "밥 좀 팍팍 먹어라", "그러니까 살이 안 찌지" 같은 말도 수도 없이 들었다. 어떤 옷을 입어도 늘 헐거웠고, 바지를 입을 때면 꼭 벨트를 차야 했다. 삐쩍 마른 팔과 다리를 보이는 게 부끄러워 무더운 여름에도 긴팔 티셔츠와 긴 바지로 몸을 가리고 다녔다. 살을 찌우고 싶은 마음에 운동을 하기도 하고 평소보다 많이 먹어보기도 했지만, 기껏해야 일주일이었다. 어차피 살이 찌지 않는 체질이라 굳게 믿었기 때문에 노력을 계속하지 않았다.

이런 내가 '제대로 한번 운동해보자'고 마음먹게 해준 건 '메루치양식장'이라는 유튜브 채널이었다. 이 채널의 운영자인 트레이너 선생님은 무척이나 탄탄한 근육을 가지고 있었는데, 몇 년 전 사진만 봐도 그는 나만큼이나, 아니 나보다 더 마른 체형이었다. 그는 자신이 몸소 익힌 지식으로 구독자들이 건강하게 체격을 키울 수 있도록 돕고 있었고, 그에게 운동을 배운 사람들의 변화 또한 보여주었다. 나와 비슷한 체형의 사람들이 건강하게 살찌우고 근육을 키운 모습을 보니 '어쩌면 나도 할 수 있지 않을까' 하는 희망이 생겼다. 영상을 보면서 언제 어떤 음식을 얼마나 먹으면 좋은지, 어떤 운동을 어떤 자세로 얼마나 해야 하는지 꼼꼼하게 정리했다. 더도 말고 덜도 말고 딱 100일만 제대로 해보자고 결심했다.

바른 자세로 운동하는 것도 힘들었지만, 무엇보다 힘든 건 운동을 매일 하는 것이었다. 매일 저녁 8시가 되면 바닥과 하나 되어 있던 내 몸을 애써 일으켜 세워야 했다. '오늘 하루 안 한다고 큰 차이 나겠어? 어제도 열심히 했으니 오늘은 좀 쉬자' 하는 마음과, '5분만 더 누워 있다가 하자' 하는 마음이 번갈아 나타났다.

두 마음 사이에서 갈팡지팡하며 몸만 이리저리 데구루루 굴리고 있을 때면 어김없이 하윤이 내 손을 붙잡고 일으켜 세웠다.

하윤은 그동안 내가 운동을 시작했다가 금세 포기하는 걸 몇 번이나 지켜봤다. 그래서 이번에는 자신도 함께 하겠다고 나섰다. 둘이 같이 하지 않으면 분명 보름도 안 되어서 그만두게 될 걸 알고 있었기 때문일 것이다. 운동을 너무너무 하기 싫은 날, "자, 현우야~ 벌써 8시 10분이야! 이제 그만 일어나야지" 하며 싸늘하게 웃는 하윤의 표정을 보면 일어나지 않을 수 없었다. 그래도 내가 뭉그적거리면 하윤이 먼저 운동을 시작했다. 애초에 나 때문에 시작한 운동인데, 하윤만 하는 모습을 지켜만 보고 있을 순 없었다.

그렇게 '100일간 매일 운동하기' 도전에 처음으로 성공했다. 조금 대충 한 날은 있어도 아예 건너뛴 날은 없었다. 게다가 삼시세끼는 물론이고 간식 두 끼까지 부지런히 챙겨먹으니 몸은 서서히 변해갔다. 옷이 더 이상 헐겁지 않았고 벨트 없이도 바지를 입을 수 있게 됐다. 뾰족했던 인상도 한결 부드러워졌다. 원하는 만큼 살을 찌운 것도 만족스러웠지만, 그보다 더 만족스러운 건 포기하지 않고 끝까지 해냈다는 사실이었다.

내가 마른 몸만큼이나 부끄러이 여겼던 건 '부족한 끈기'였다. 새로운 일을 시작하는 것은 누구보다 잘했지만, 어떤 일이든 잘 마무리 짓지 못하고 흐지부지 끝내는 경우가 많았다. 반복되고 지루한 걸 나는 잘 견디지 못했다. 세상에 이렇게나 새롭고 재미난 일이 많은데 매일 똑같은 걸 하며 사는 건 재미없는 인생이라 여겼다. 새로운 일을 시작할 때는 누구보다 열심을 다했지만, 시간이 지나 좀 지루하다 싶으면 '다른 재미난 일 없나?' 하며 주변을 기웃거렸다. 그러다 보니, 이것저것 다양하게 시도한 경험은 많은데 정작 어느 것 하나 제대로 할 줄 아는 건 없다는 생각이 들었다. 누군가 내게 무엇을 잘하냐고 물으면 "이것도 해봤고 저것도 해봤지만 딱히 잘하는 건……" 하며 말끝을 흐렸다. 오랜 시간 한 가지 일에 공들여 쌓아온 것이 없다 보니 할 말이 없었다.

비교는 끈기에 해롭다

그런 나와 정반대에 있는 사람이 하윤이었다. 하윤은 시작은 어려워하지만 끝맺음은 확실했다. 그래서 우리는 내가 시작을 이끌고, 시간이 갈수록 하윤이 나를 이끄는 식으로 일해왔다. 지루해서 그만하고 싶을 때 옆을 보면 방망이 깎는 노인 같은 하윤이 있었다. 묵묵히 일하는 하윤의 모습을 보면서 내 안에 있는 작고 빈약한 끈기를 쥐어짤 수밖에 없었다. '지금 나한테 남은 끈기가 있을까' 싶어도 짤 때마다 쥐똥만큼 나왔다. 그렇게 조금씩 하다 보니 '내가 이렇게까지도 할 수 있구나' 하는 경험이 늘어갔다. 하윤은 내가 끈기를 기르는 데 가장 큰 도움을 준 '끈기 선생님'이다.

한편, 때로는 하윤이라는 존재가 나의 끈기를 가로막는 장애물처럼 느껴지기도 했다. 이 책을 쓰는 중에도 그런 걸 느꼈는데, 하윤의 글과 내 글이 퍽 비교가 된 탓이었다. 어떤 일이 있었는지, 그 일을 통해 어떤 마음을 느꼈는지 한 겹 한 겹 섬세하게 풀어낸 하윤의 글에 비해, 내 글은 영 밋밋하고 납작했다. 나 때문에 괜히 책의 수준이 떨어지는 것은 아닌지, 사람들이 내 글을 잘 읽어주기는 할는지 걱정하다 보니 자신감이 뚝뚝 떨어졌다. 때로는 '그냥 하윤이가 다 쓰면 안 되나? 어차피 나보다 잘 쓰는데……' 생각하며 그만두고 싶기도 했다. 이때 나의 마음을 단단히 잡아준 말이 있다. 배달의민족 김봉진 대표의 강의 영상에서 들은 말이었다.

한 대학생이 김봉진 대표에게 물었다.

"사회에서는 학력을 많이 보잖아요. 지방대를 나온 학생들은 취업문이 좁을 수밖에 없는데, 이런 학생들에게 조언 한마디 해 주실 수 있으신가요?"

그는 답했다.

"명문대를 다닌 사람들은 고등학교 때 많은 노력을 했어요. 환경적인 요인도 있겠지만, 본인이 노력했던 건 인정해야 하잖아요. 사회에 나와서 그들과 동일한 출발점에서 시작한다는 건 반대로 역차별이에요. 바꿀 수 있는 방법은 단 하나밖에 없어요. 그들이 노력했던 시간보다 두 배로 더 많이 하면 돼요. 세상이 부조리하고 차별이 있다는 걸 인정하고 그걸 넘어설 수 있는 방법들을 찾아야 해요."

나는 그동안 내 삶에 일어난 사건들에 관하여 시간과 정성을 들여 기록하지 않았다. 가끔 기분에 따라 끼적이기는 했지만 생각이나 감정을 깊게 파고든다거나, 어떤 단어를 쓸지 깊이 고민한다거나, 보다 정확한 문장을 쓰기 위해 노력한 적은 없다. 그건 아무래도 귀찮고 머리 아픈 일이니까.

이오덕 선생님은 "사람이 숨을 쉬는 것은 코로 하지만, 마음의 숨은 표현으로 쉰다"라고 말했다. 나는 글을 쓰지 않아도 살아가는 데 큰 괴로움이 없지만, 하윤은 글을 쓰며 마음의 숨을 쉬는 사람이고, 쓰지 않고는 살아갈 수 없는 사람이다. 미용실 사장님과 나눈 사소한 대화도 그녀의 생각을 통과하면 근사한 수필이 되었다. 부모님과 싸우며 느꼈던 미안하고 서운하고 자책하고 고민하는 감정들, 혹은 자신을 혼란스럽게 만들었던 수많은 일에 대해 하윤은 자신만의 진지한 탐구를 거쳐 글로 풀어냈다. 나라면 가벼이 지나쳤을 일들을 하윤은 오래도록 붙잡았다. 적절한 단어를 찾고, 문장을 매만지고, 특별한 의미로 매듭 지어지는 글을 써냈다. 자신에게 일어난 일들을 하나하나 곱씹어 소화하기 위해 몇 년 동안 꾸준히 글을 썼다.

하윤이 글쓰기에 들인 시간과 노력을 생각하면, 그녀의 글이 내 글보다 좋은 것이 속상할 일도 아니었고, 속상해해서도 안 되는 일이었다. 그녀가 글쓰기에 정성을 쏟아온 시간만큼 나의 글과 그녀의 글이 차이 날 수밖에 없다는 걸 받아들여야 했다. 그래야 내가 할 수 있는 노력을 시작할 수 있을 것이고, 계속 비교만 하다가는 하지 않을 핑계만 늘어날 게 뻔했다. 나의 끈기를 막는 장애물은 하윤이 아니었다. 하윤과 비교하며 '어차피 난 못하니까 그만두고 싶어'라고 핑계 대는 마음이었다.

지금 내가 할 수 있는 유일한 일은 더 노력하는 것이다. 책을 쓰는 동안 우리는 아침에 일어나서 저녁을 먹기 전까지 글을 썼고, 저녁에는 하고 싶은 일을 했다. 예능이나 드라마를 보면서 노트를 만들기도 하고 책을 읽기도 하면서. 하루 중 유일하게 뇌를 쉬게 해주는 소중한 시간이었다. 어느 순간부터 나는 이 시간도 포기하고 계속해서 글을 썼다. 하윤은 너무 무리하지 말라며 재차 말렸지만, 마감 기한 내에 조금이라도 더 나은 글을 쓰기 위해 할 수 있는 최선의 노력을 하고 싶었다.

하나의 글을 다 써갈 때마다 '이게 최선일까?' 물었다. 솔직한 심정으로는 '어, 이게 최선이야. 이것보다 어떻게 더 열심히 해' 하며 끝내고 싶었지만, 그게 아니란 걸 분명히 알고 있었다. 한 편의 글을 쓰고 나면 처음부터 끝까지 소리 내어 읽으면서 조금이라도 더 고쳤다. 말로 내뱉어보았을 때 어색한 단어는 없는지, 읽기에 복잡한 문장은 없는지, 글의 흐름은 자연스러운지 계속해서 살폈다. 그렇게 저녁 시간까지 글을 붙잡고 있다가 잠들 시간이 오면 다른 작가의 책을 읽었다. 잘 쓰인 글을 읽으며 배울 점을 계속해서 찾았다. 이게 글쓰기에 도움이 되는지는 모르겠지만, 스마트폰을 붙잡고 시간을 낭비하는 것보다는 낫지 않을까 싶었다.

매일 최선을 다하고 있는 지금, 우리의 삶은 무척이나 단조롭다. 열심히 하면 할수록 더 단조로워졌다. 어제와 오늘이 같고, 내일도 오늘과 다를 바 없을 것이다. 아침을 먹고, 글을 쓰고, 산책을 나가고, 점심을 먹고, 다시 글을 쓰고, 또다시 산책을 나가고, 저녁을 먹고, 또다시 글을 쓰고, 운동을 하고, 잠에 든다. 늘 같은 시간에. '매일이 놀랍도록 새롭다'는 말과 정반대로, 지금 우리의 삶은 매일이 놀랍도록 똑같다. 다른 게 있다면, 매일 조금씩 달라지는 날씨와 바람이 만들어내는 파도뿐이다. 지금의 삶은 내가 살아온 나날 중 가장 단순하고, 변화가 없고, 새로운 재미가 없다. 그럼에도 이 생활이 따분하거나 싫증나거나 괴롭다는 생각이 들지 않는다. 매일 해야 할 일, 글쓰기에 몰입하다 보니 따분함을 느낄 새가 없다. 하나의 글을 마무리 지을 때마다 느끼는 성취감이 곧 재미가 된다. 물론 힘들기도 하다. 하루 종일 엉덩이를 붙이고 있으면 허리가 뻣뻣해지고, 눈은 뻑뻑해지고, 어깻죽지는 뻐근해진다. 글을 쓰다가 '내가 지금 무슨 말을 하고 있는 거지' 싶을 때면 혼란스럽다. 하지만, 이 힘든 일상 속에서 아주 조금씩 나아가고 있다는 걸 느낀다.

사람도 만나지 않고, 외식도 하지 않고, 여행도 가지 않는 지금, 우리 삶에 새로운 재미는 하나도 없다. 다만 어제의 나, 일주일 전의 나, 한 달 전의 나와 비교했을 때, 지금의 내가 조금씩 더 나아지는 기쁨을 맛보고 있다. 그동안 나는 어떤 일을 진득하니 해냈을 때 비로소 느낄 수 있는 은은한 기쁨을 알지 못했다. 처음 시작할 때의 단물만 쏙 빼먹고 슬쩍 발을 빼버렸으니까. 하지만 이제는 그 기쁨이 무엇인지 조금이나마 알 것 같다. 하루하루 조금씩 해나가는 과정에서 얻는 차분한 재미와 깊숙한 기쁨을.

"훌륭한 수영선수가 되는 가장 현실적인 방법은 훌륭한 팀에 들어가는 거예요."

- 앤절라 더크워스, 『그릿』

끈기가 부족한 내가 조금씩 인내를 기를 수 있었던 건 하윤과 함께한 덕분이었다. 하윤이 없었다면 살을 찌우는 것도, 책을 쓰는 일도 할 수 없었을 것이다. 스스로 끈기가 부족하다 느낀다면 자기보다 끈기가 강한 사람과 함께하는 것도 좋은 방법이다. 넘어졌을 때 다시 일어설 수 있도록 일으켜 세워주고, 함께 뛰며 적절한 속도를 유지하도록 돕는 사람. 내게는 하윤이 그런 존재다.

그럼에도 결국 결승선까지 뛰어야 하는 건 나라는 걸 안다. 스스로 만족할 만큼 끝까지 해내려면 결국에는 혼자가 되어야 한다. 누군가에게 도움을 받으면 문제는 빨리 해결될지 몰라도 끝까지 해낼 힘을 기를 기회는 사라질 테니까. 풀리지 않을 것 같은 문제를 붙잡고 혼자서 끙끙 앓아보는 시간이 과거의 내게는 많이 부족했고, 이 책을 쓰면서 많이 연습하고 있다.

지루하고 재미없는 삶을 한사코 거부했던 과거의 내가 지금의 나를 본다면 '왜 이렇게 재미없게 살고 있냐' 물을지도 모르겠다. 그럼 이렇게 답해줄 것이다.

'새로운 걸 하며 느끼는 재미는 없지만, 조금씩 더 깊어지는 재미는 있어.'

3부

×

잘 사랑하고 싶은 마음

관계의 짐 정리하기

사랑하는 사람과 나란히 걷고 있나요?

사랑은 아낌없이 격려하는 것

현우

불편한 질문을 던지는 사람

고등학교 졸업 후 하고 싶은 일을 실컷 하며 값진 시간을 보낸 나는 2년 뒤 대학에 들어갔고, 그곳에서 하윤을 처음 만났다. 우리는 주로 해가 지고 어둑해진 호숫가 근처에 앉아 한참 동안 이야기를 나누곤 했다.

어느 날, 수업이 재미없다는 하윤에게 "그럼 가지 마"라고 했더니 그녀는 버럭 화를 냈다.

"어떻게 그래? 수업을 안 가면 졸업을 못 하고, 졸업을 못 하면 취직을 못 하는데!"

"하긴, 그렇긴 하지. 그럼 넌 어디에 취직하고 싶어?"

"나? 당연히 방송국 들어가서 PD 해야지."

"그렇구나. 그럼 PD 되면 어떤 영상을 만들고 싶어?"

하윤은 답이 없었다. 나는 다시 물었다.

"네가 정말 하고 싶은 일이 뭐야?"

대화를 계속해보니, 하윤은 꼭 하고 싶은 일이 아닌데도 졸업을 해야 하니까 아등바등 버티고 있었다. 입학 전 하고 싶은 일을 다양하게 경험하며 '세상엔 참 수많은 일이 있구나' 느꼈던 나는, 하윤이 자기 미래를 학교에 있는 몇 가지 전공 중에서 고르지 않기를 바랐다. 그 밖의 다른 일도 다양하게 해보면서 자신이 정말 하고 싶은 일을 찾아갔으면 했다. 나 역시 그걸 찾아가는 중이었기에, 우리는 늘 같은 질문을 앞에 두고 이야기했다.

"어떻게 살아가고 싶어?"

하윤의 답은 매일 달랐다. 하루는 카페 사장님이 되고 싶다고 했고, 하루는 좋은 직장에 들어가고 싶다고 했다. 하윤이 어떤 답을 하든 나는 꼭 한 번 더 물었다.

"그게 진짜 네 마음이야?"

이 질문을 들으면 하윤은 또 한참 생각에 잠겼다. 쉴 틈 없이 물어대는 나를 하윤은 때때로 불편해했다.

어느 날, 하윤이 '머리가 복잡해서 생각 좀 정리하고 오겠다'며 혼자 카페로 갔다. 그리고 반나절쯤 지나 다시 연락을 했다. 다시 만난 하윤은 후련한 건지, 혼란스러운 건지 가늠하기 어려운 얼굴을 하고 있었다.

"나 이제 알겠어. 지금 내가 하고 있는 공부는 내가 하고 싶은 공부가 아니고, 내가 대학에 다니고 있는 이유는 졸업하지 않으면 직장에 들어가기 어렵기 때문이고, PD를 꿈꾼 이유는 남들이 보기에 그럴싸해 보였기 때문이었어. 나는 지금까지 다른 사람의 시선에만 맞춰서 살아왔지, 내가 뭘 원하는지 스스로 물은 적은 없었던 것 같아. 진짜 열심히 살았는데, 그렇게 쌓아온 탑이 지금은 다 무너진 것 같아……."

하윤은 이어 말했다.

"솔직히 내가 하고 싶은 게 뭔지는 잘 모르겠는데, 지금 이렇게 사는 건 아닌 것 같아. 그냥 여행이나 하고 싶어."

하고 싶지 않은 것만 줄줄이 말하던 하윤의 입에서 처음으로 하고 싶은 게 나왔다! 그걸 놓칠 수 없었다. 나는 그 자리에서 "그럼 가자!"라고 말했다. 그리고 며칠 후에 망설이는 하윤을 대신해서 스페인으로 떠나는 편도 티켓을 끊었다. 하윤은 나의 빠른 속도에 당황해하면서도 여행을 떠난다는 생각에 기뻐했다.

우리는 그렇게 학교를 잠시 쉬기로 하고 언제 돌아올지 모를 여행을 떠났다. 떠나고자 하는 이유를 명확히 설명하지 못한 채, 그저 마음이 이끌리는 대로 했다. 그렇게 하윤의 인생 최초로, 아무것도 정해지지 않은 불확실한 삶이 시작됐다.

시간이 흘러야 알게 되는 것들

여행을 떠나기로 한 뒤로 하윤은 부모님과 계속해서 부딪쳤다. 부모님과 울고불고 싸운 뒤 괴로워하는 하윤을 볼 때마다 마음이 아팠다. 하윤을 돕고 싶은 내 마음이 오히려 그녀를 더 힘들게 만드는 건 아닌지 혼란스러웠다. 우리가 함께 겪고 있는 시간들이 하윤의 삶을 더 좋은 곳으로 나아가게 하는지, 아니면 엉뚱한 방향으로 나아가게 하는지 장담할 수 없었다. 그건 미래의 우리만이 알 수 있었다.

부모님과의 갈등 때문에 고민하는 하윤에게 나는 말했다.

"당장은 네 선택을 설명할 수 없어서 답답하겠지만, 네가 잘 살아가는 모습을 보여드리면 조금씩 너의 선택을 이해하실 거야."

하윤의 부모님이 정말 원하는 건 하윤의 행복일 거라 생각했다. 당장은 하윤의 선택이 무모해 보여서 걱정되시겠지만, 딸이 자신의 길을 잘 찾아가면 그때는 응원해주시리라 믿었다. 그러니 오랜 시간이 걸릴지라도 하윤이 행복한 삶을 살 수 있도록 내가 곁에서 도와야겠다고 생각했다.

당시 하윤은 나보다 훨씬 더 불안하고 외로웠을 것이다. 그녀는 늘 가족의 응원과 사랑을 받으며 살아왔는데, 그 모든 게 한 순간에 사라져버렸으니까. 내가 빈자리를 채워주기에는 많이 모자랐겠지만, 그래도 온 힘을 다해 하윤을 응원했고 하윤과 함께했다.

불편한 제안을 건네는 사람

1년 뒤, 우리는 태국 치앙마이를 여행하던 중 '북바인딩'이라는 손기술을 만났다. 하윤은 수제 노트를 보자마자 단숨에 사랑에 빠졌다. 그래서 북바인딩을 하고 있는 작가들에게 적극적으로 다가가 기술을 배웠고, 일주일에 세 번씩 그들의 작업실에 들러 노트를 꼼꼼하게 살폈다. 하윤이 먼저 적극적으로 나서서 뭔가를 열정적으로 배우는 모습에 나는 적잖이 놀랐다.

'하윤이 이렇게 적극적이었던 때가 있었나……?'

평소 하윤은 말을 하는 것보다 노트에 기록하는 걸 더 좋아했다. 어딜 가든 항상 노트를 들고 다녔고, 어디서든 그 노트를 펼쳐 글을 썼다. 또 하윤은 종이의 색감과 질감을 살펴보며 마음에 드는 종이를 찰떡같이 골라내는 '종이덕후'였고, 손으로 뭔가를 만드는 걸 좋아했다. 그런 하윤이 북바인딩에 빠진 건 어쩌면 당연한 일인지도 몰랐다.

치앙마이 여행은 어느새 '북바인딩 여행'으로 바뀌었다. 우리는 매일 문구점을 돌아다니며 실과 종이를 골랐다. 그리고 카페에 가서 어떤 모양새로 노트를 엮을지, 어떤 사진으로 커버를 만들지 고민하며 시간을 보냈다. 하윤은 어떤 종이에 어떤 펜이 잘 써지는지, 어떤 크기여야 들고 다니기에 부담이 없는지, 어떻게 엮어야 튼튼한지, 어떤 디자인이어야 보기에 좋은지 계속해서 생각하고 계속해서 만들었다.

북바인딩에 진심인 하윤을 보면서 나는 스치듯 물었다.

"북바인딩이 직업이 되면 어떨 것 같아?"

치앙마이에 오기 전, 하윤은 앞으로 뭘 하면서 먹고살지 고민하며 하고 싶은 일을 찾아다녔다. 도자기도 만들어보고 그림도 그려보고 뜨개질도 해봤지만, 결국에는 '이 일들은 오랫동안 하고 싶은 일은 아닌 것 같다'고 했다. 그런 뒤엔 항상 울적해했다. '내가 좋아하는 일이 정말 있기나 한 건지 모르겠다'며. 그랬던 하윤이, 따끔한 바늘에 찔려 피가 나고 더운 날씨에 땀을 뻘뻘 흘리면서도 노트 만드는 일만큼은 멈추지 않았다. 얼굴에는 은은한 미소가 번져 있었다. 그녀가 늘 이렇게 좋아하는 일을 하며 살면 좋겠다고 생각했다.

내 말을 들은 하윤은 잠시 머뭇거리다가 말했다.

"나도 북바인딩을 앞으로도 계속 하고 싶어. 근데…… 이걸로 돈을 벌 수 있을까?"

나는 어깨를 으쓱하며 못할 게 뭐가 있냐는 표정을 지었다. 사실 내게도 당장 뚜렷한 방도는 없었지만, 어떻게든 길을 찾으면 되지 않을까 생각했다.

그녀가 좋아하는 북바인딩으로 밥벌이를 할 방법이 없을까, 곰곰이 고민했다. 그러다 번뜩, 우리가 만든 노트를 사람들에게 보여줘야겠다는 생각이 들었다.

"오늘 저녁에 시장 가서 직접 노트를 팔아보면 어때?"

그렇게 우리는 낯선 나라의 길바닥에서 돗자리를 깔았다. 많은 사람이 우리가 만든 노트를 천천히 살피며 어떻게 만들었는지 궁금해했다. 몇몇은 노트가 정말 예쁘다고 칭찬하며 지갑을 열었다. 너무 떨린 나머지 울상을 짓던 하윤은 사람들의 호의적인 반응에 조금씩 웃기 시작했다. 그녀는 자신이 만든 노트에 누군가 관심 보이는 것을 신기해했고, 흔쾌히 지갑을 열어주는 사람들에게 진심으로 감사해했다.

우리는 노트를 판매한 돈으로 와인을 한 잔씩 사 마셨고, 하윤은 노트를 팔면서 느꼈던 흥분을 쫑알쫑알 끊임없이 쏟아냈다.

"사람들이 이렇게 손으로 만든 물건의 가치를 알아봐줄지 몰랐어!"

"한 번에 세 권이나 사 가는 걸 보면 우리 노트가 정말 마음에 들었나 봐!"

"아! 아까 한 손님이 좀 더 큰 노트를 원하셨는데 내일은 큰 사이즈를 한번 만들어봐야겠어!"

그녀가 이렇게 신나하는 모습은 처음이었다. 자신이 좋아하는 일을 하고, 그 일의 결과물을 다른 사람들이 좋아해주면 이렇게 기뻐할 수도 있구나 싶었다. 그동안 하윤이 종종 울적해 보였던 이유는 하고 싶지 않은 일을 꾸역꾸역 했기 때문이 아니었을까.

북바인딩에 진심을 쏟는 하윤의 모습을 다른 사람들이 안다면, 노트를 구매하고 싶어 하는 사람이 더 늘지 않을까 하는 생각이 들었다. 자기 일을 진심으로 사랑하는 사람에게는 눈길이 가게 마련이니까. 그래서 하윤에게 손으로 노트를 만드는 일이 왜 좋은지, 어떤 마음으로 북바인딩을 하는지 블로그에 기록해보면 좋겠다고 제안했다. 처음에 그녀는 누구나 볼 수 있는 블로그에 글 쓰는 것을 부담스러워했지만 밥벌이를 위한 거니 한번 해보겠다고 했다.

우리는 매일 카페에 앉아 노트를 만들고, 저녁에는 노트를 팔았다. 그리고 하윤은 시간이 날 때마다 글을 쓰기 시작했다. 느지막이 일어나 노트를 만들고, 글을 쓰고, 저녁에는 노트를 파는 삶. 평화롭고 규칙적인 일상이었다. 그런데 한 가지 문제가 있었다. 치앙마이 여행이 끝나면 나는 곧바로 군대에 가야 했다. 지금이야 함께 힘을 합쳐 새로운 일상을 꾸렸지만, 한국으로 돌아가서도 하윤이 혼자 잘 이어갈 수 있을지 걱정스러웠다. 하윤도 혼자서는 자신이 없다고 했다.

그녀가 한국에서도 북바인딩 작업을 계속 이어가도록 내가 할 수 있는 게 없을까, 고민하던 차에 좋은 생각이 떠올랐다.

"한국에 돌아가면 북바인딩 워크숍을 해보는 건 어때?"

내 느닷없는 제안에 하윤은 또 한 번 놀랐다.

"시작한 지 얼마 되지도 않았는데, 이런 부족한 실력으로 누굴 가르치겠어. 그리고 그 전에 모집도 안 될 거야."

이런저런 걱정을 쏟아냈지만, 하윤 역시 미리 일을 벌려놓지 않으면 한국으로 돌아가서 어떤 일도 하지 않을 거라는 걸 알고 있었다. 그러다 서서히 그만두게 될 것이라는 것도. 결국 하윤은 워크숍을 하기로 마음먹었다. 그렇게 우리는 책방지기님과 워크숍 일정을 정하고, 앞으로 해야 할 일을 바리바리 싸들고 한국으로 돌아왔다.

마음이 앞설 때 잊기 쉬운 배려

군대에 입대한 뒤로도 나는 계속 북바인딩 사업을 키울 좋은 아이디어가 없을까 생각했다. 지나가는 사람들에게 전단지를 나눠줄까, 학교 교무실에 찾아가서 강의를 제안해볼까…….

어느 날 전화로 이런저런 방법을 얘기하는데 하윤이 한숨을 푹 내쉬며 말했다.

"현우야, 그건 못 하겠어. 네가 하는 게 아니라 다 내가 해야 하는 일이잖아. 나 지금도 너무 힘들어."

그제야 하윤이 지금 얼마나 고생스러운 날들을 보내고 있는지 짐작했다. 그동안 내가 말뿐인 응원만 계속하고 있었다는 것도. 노트를 만들고, 온라인 판매를 준비하고, 택배를 우체국까지 옮기고, 사람들이 남겨놓은 질문에 일일이 답하고, 북바인딩에 필요한 좋은 재료를 찾고 구매하는 일을 그녀 혼자 매일같이 해나가는 와중에 나는 고작 몇 마디 말만 보태고 있었다.

미안해서 아무 말도 못 하고 있는 나에게 하윤은 말했다.

"우리는 다른 사람이잖아. 너한테 쉬운 일이 나한텐 무지 어렵거든. 그것만 좀 알아줬으면 좋겠어."

그때 나는 북바인딩 일이 잘되었으면 하는 마음만 있었지, 정작 그 일을 하고 있는 하윤의 마음까지는 헤아리지 못했다.

그날 이후로, 말하는 방식을 조금 바꾸었다. 꼭 전하고 싶은 제안이 있으면 "이렇게 해보자!"가 아니라 "이건 내 생각인데……" 하고 조심스럽게 운을 뗐고, "물론 꼭 해야 한다는 건 아니야"라는 말을 꼭 덧붙였다. "이건 내 생각인데"라는 말에는 '이건 내 생각일 뿐 네 생각은 얼마든지 다를 수 있다고 생각해'라는 의미가 담겨 있었고, "꼭 해야 한다는 건 아니야"라는 말에는 '얼마든지 거절해도 좋아. 선택권은 언제나 너에게 있어'라는 뜻이 담겨 있었다. 하윤이 힘들어서 못하겠다고 말하면 "그래도 한 번 더 해보자!"라고 밀어붙이는 대신 "그래, 이건 너한테 너무 힘드니까 다른 방법을 찾아보자"라고 말했다.

내 생각을 밀어붙이지 않으니 오히려 하윤은 내 생각을 더욱 쉽게 받아들였다. 그렇게 하윤은 자기 속도대로 이것저것 새로운 일을 해보며 '나도 할 수 있구나' 하는 마음을 길러갔다. 변화하는 하윤의 마음을 잘 살펴가며 나는 이런저런 새로운 생각들을 조심스레 전달했고, 하윤은 낯선 일이 익숙해질 때까지 꾸준히 반복했다. 그렇게 하윤은 결국 북바인딩으로 밥벌이를 할 수 있게 되었다.

너의 빛을 가리지 않도록

나는 왜 하윤에게 애써 불편한 질문을 계속 던지며 그녀의 일상을 멈추게 했을까? 왜 힘들고 어려운 일을 끊임없이 제안하며 하윤을 힘들게 했을까? 처음부터 그럴 의도는 없었지만, 어느 순간부터 왠지 그렇게 해야 한다는 생각이 들었다. 내가 본 하윤은 늘 뭔가를 하고 싶어 하는 사람이었다. 하지만 그 마음은 들여다보지 않고 세상이 옳다고 하는 길에 자신을 끼워 맞추는 듯 보였다. 그게 자신에게 좋지 않다는 걸 알면서도. 그녀가 자신의 빛을 스스로 가리는 게 안타까웠다.

하윤에게 필요한 건 자신을 가리고 있는 가림막을 걷어내는 일이었다. 나는 그 일을 함께하고 싶었다. 그래서 내가 나답게 살아가는 데 도움이 되었던 것들을 떠올렸다. 나를 불편하게 하는 질문들, 나를 혼란스럽게 하는 몇 권의 책들, 그리고 나의 생각을 뒤흔드는 영상들이 떠오르면 하윤에게 권했다. 두렵지만 결국 해낸 경험들에 대해서도. 두려운 일을 해보면서 나도 몰랐던 내 가능성을 알게 되었으니까.

질문과 제안은 내가 했지만, 결국 해낸 건 하윤이 자신이었다. 하윤은 나의 질문을 불편해하면서도 기꺼이 자신만의 답을 찾았고, 평소의 그녀라면 절대 하지 않았을 일들을 기어코 해냈다. 그렇게 자신의 빛을 가리는 가림막을 스스로 거둬냈다. 하윤이 자기만의 길을 가기까지 얼마나 힘들었는지 누구보다 내가 잘 알기에, 그녀답게 살아가는 지금의 모습이 무척이나 존경스럽다.

하윤은 좋아하는 일을 할 때 눈빛이 반짝반짝 살아나고, 그 일이 얼마나 좋고 아름다운지 계속해서 이야기한다. 그리고 그 순간을 '살아 있다'고 표현한다. 나는 하윤이 그렇게 살아 있는 모습을 볼 때 가장 행복하다. 앞으로도 하윤이 자신이 원하는 삶을 살아가며 환하게 웃을 수 있도록, 내가 할 수 있는 일들을 기꺼이 하고 싶다. 그렇게 사랑하고 싶다.

하윤에게 필요한 건 자신을 가리고 있는 가림막을 걷어내는 일이었다.

나는 그 일을 함께하고 싶었다.

너무 다른 사람을 사랑한 적 있나요?

사랑은 나를 잃은 자리에 타인을 들이는 것

하윤

모든 게 어려운 사람과 모든 게 쉬운 사람

여행할 때 현우한테 듣고 싶지 않은 말 중 하나는 "우리…… 히치하이킹 할까?"이다. 택시도 다니지 않는 외딴 곳에서 히치하이킹이 아니면 몇 시간이고 걸어야만 했기에 현우는 종종 '히치하이킹은 어떠냐'고 물었다. 차도 없고 돈도 없던 우리는 지나가는 차들을 향해 팔을 쭉 뻗어 흔들며 애타는 눈빛을 보냈다. 그런데 나는 히치하이킹을 정말 하고 싶지 않았다. 인사 한 번 나눈 적 없는 사람한테 차 좀 태워달라고 말하는 게 왜 그리도 어려운지. 괜한 짐덩어리가 된 듯 부끄러웠다. 그래서 어떤 때는 차라리 하루 종일 걷겠다고 했다. 다리를 후들거리면서도 끝내 걷고야 마는 나를 보며 현우는 도무지 알 수 없다는 듯 고개를 갸웃거렸다. 마찬가지로 나도 얼굴에 철판을 깔고 아무렇지 않게 차를 세우고 보는 현우를 보며 고개를 절레절레 젓곤 했다.

이렇듯 나와 현우는 많이 다르다. 나는 내가 드러나는 걸 부끄러워하고, 모든 일에 조심스럽다. 새로운 일에 뛰어드는 일, 누구에게 도움을 청하는 일, 다른 사람과 사귀는 일 모두 나한테는 어려운 일이다. 반대로 현우는 모르는 사람에게 말도 잘 걸고, 도와달라고도 쉽게 말하고, 새로운 일에 뛰어드는 것을 진심으로 재미있어한다. 현우에 비하면 나는 지나치게 조심스럽고, 말수가 적고, 걱정이 많은 사람이다.

어쩌다 이렇게나 다른 우리가 함께하고 있는지는 모르겠지만, 현우 덕분에 나는 살면서 해볼 거라 상상도 못 한 일을 많이 했다. 현우는 끊임없이 내게 '히치하이킹스러운' 일들을 제안했다. 어째서 현우가 하고 싶어 하는 일들은 죄다 내 마음을 어지럽게 하는 건지. 현우가 눈동자를 반짝이며 "하윤아, 잘 들어봐. 나……" 하고 말을 꺼낼라치면 나는 "잠깐!" 하고는 크게 심호흡을 하고 마음을 가다듬은 뒤 "응…… 어디 말해봐……" 말하곤 했다. 현우가 계속해서 새로운 일들을 하고 싶어 하는 바람에 조용히 숨어 살고 싶어 했던 나도 자꾸 내 세계 밖으로 나올 수밖에 없었다.

우리는 동해에서 2년 동안 숙박 공간을 꾸렸다. 현우는 남는 방 하나를 여행 온 손님에게 내어주고 사람들과 함께 밥도 먹고 차도 마시면서 이야기를 나누고 싶어 했다. 나는 아무리 그래도 처음 본 사람과 하루 종일 함께 지내는 건 너무 힘들 것 같았다. 새로운 사람을 만나는 일도 드물고, 친구와의 약속조차 일주일에 한 번만으로 충분한 사람인데…… 모르는 사람과 매일같이 밥을 먹고 화장실을 같이 쓰고 이야기를 나누라고? 이틀도 못 가서 기운이 바닥날 게 뻔했다. 하지만 오래전부터 이 일을 하고 싶어 했던 현우의 마음을 잘 알고 있었기에 결국엔 "그래, 하자!" 하고 동의했다. 지금까지는 현우가 내가 하고 싶은 일을 함께 해주었으니, 이제는 내가 그렇게 해주고 싶었다.

유튜브 역시 현우로 인해 하게 된 '나답지 않은 일' 중 하나다. 언제부턴가 유튜브 채널을 자주 보던 현우가 느닷없이 자기도 유튜브를 해보고 싶다고 했다. 세상에, 어째서 네가 하고 싶은 일은 죄다 이렇게 내 심장을 철렁이게 하는 거니. 몹시 당황해서 '어떤 영상을 만들고 싶냐'고 물었고, 현우는 미니멀 라이프 얘기를 해보고 싶다고 했다. 내 얼굴이 공개되는 일만큼은 피하고 싶었던 나는 '영상을 올리는 건 괜찮은데 할 수 있는 한 내 얼굴이 안 나오게 하자'고 단단히 부탁했다. 하지만 우리의 이야기를 담는데 내가 영상에 나오지 않을 수는 없었다. 그렇게 영상 만드는 일을 야금야금 함께 하다 나중에는 현우 한 번, 나 한 번 번갈아가며 영상을 만들었다.

얼굴을 드러내고 내 목소리로 내 이야기를 하는 건 쑥스럽기를 넘어 두렵기까지 했다. 누구한테서 무슨 이야기를 들을지 알 수 없었으니까. 하지만 이왕 하는 김에 내가 하고 싶은 이야기를 진실하게 해보기로 했다. 나는 주로 마음의 짐을 덜어낸 이야기를 했다. 기대, 걱정, 불안, 화, 질투 등 안 좋은 생각과 감정으로 많이 힘들었기에 이런 감정들을 흘려보낸 과정을 이야기해보고 싶었다. 이 모두를 솔직하게 전하기 위해 그동안 부끄러워 숨겨왔던 모습을 용기 내어 드러냈다.

나와 너무 다른 사람과 함께하면서, 나는 나의 호불호를 내려놓아야 했다. '이건 좋고, 저건 하기 싫어' 하는 마음을 내려놓고, 하기 싫은 일도 현우가 하고 싶어 하면 기꺼이 나섰다. 익숙하고 편안한 나의 세계를 서서히 지우고, 어색하고 불편한 현우의 세계를 조금씩 받아들였다.

나답지 않은 일을 너와 함께 하면서

숙소를 꾸려가면서 '살면서 한 번이라도 만날 수 있을까' 싶은 사람들과 한집에 살았다. 한동안 몹시 불편했지만, 낯선 사람과 밥을 먹고 차를 마시며 깊은 속마음을 나누다 보니 사람들이 서서히 편안해졌다. 달라서 불편했던 사람이, 달라서 재미있는 사람이 되었다. 조금 시간이 지나니 내가 손님이 오는 날을 먼저 기다리고 있었다. 어떤 사람은 우리가 보고 싶었다면서 두 번, 세 번 찾아와주었고, 밥을 지어주기도, 멀리서 편지를 보내주기도 했다. 모르는 사람과 친구가 되면서, 바라지도 않았던 따뜻한 마음을 무던히도 많이 받았다.

나는 종종 현우에게 말했다.

"숙박 공간 하길 정말 잘한 것 같아. 나, 사람이 점점 더 좋아져."

그때마다 현우는 "내가 하자고 했는데 어째 네가 더 좋아하는 것 같네" 하며 웃었다.

유튜브 역시 나를 크게 바꿨다. 내가 어렵게 이야기를 꺼내면 사람들도 그 이야기를 소중히 여기며 귀 기울여주었다. 사람들은 내 이야기 덕분에 오랫동안 씨름해온 고민에 대한 자그마한 실마리를 찾았다며 고마움을 전했다. 그들의 따뜻한 말 덕분에 내 이야기가 쓸모 있다는 걸 처음으로 알게 되었다.

나는 오랫동안 숨어 사는 것에 익숙했다. 그런데 유튜브라는 세계에 나를 툭 던져놓으니 사람들이 다가왔다. 처음에는 그들이 낯설고 두려웠지만 내 걱정과는 달리 사람들은 품이 넓고 마음이 고왔다. 그들은 내 이름을 다정하게 불러주고, 내 이야기를 더 듣고 싶어 했다. 먼저 손을 내밀고 친구가 되지 않겠냐고 물었다. 비록 온라인에서 댓글로 마음을 주고받았을 뿐이지만, 그들 덕분에 나는 점점 덜 외로워졌다.

사람을 좋아하지 않았던 나는 숙소를 꾸려가면서 사람을 좋아하게 되었고, 좀처럼 내 이야기를 꺼내놓지 않던 나는 유튜브를 하면서 솔직한 내 모습 그대로 이야기를 나눌 수 있게 되었다. 현우가 제안하지 않았더라면 단연코 하지 않았을 일들이 나의 모자란 구석을 채워주었고, 한 번도 경험해보지 못했던 기쁨을 선물해주었다.

'나의 세계'를 내려놓고 '너의 세계'를 들이면서 나는 편안했던 내 자리를 벗어나 불편하고 어색한 현우의 자리로 건너갔다. 따로따로 좋아하는 것을 즐길 수도 있었지만, 둘이서 하면 무슨 일이든 재미있었기 때문에 아무리 어려운 일이라도 함께 하고 싶었다. 한 배를 탄 이상 각자가 젓고 싶은 대로 노를 저으면 똑바로 나아갈 수 없으니, 우리는 서로가 가고 싶은 곳이 어디인지 물으며 같은 곳을 향해 노를 저었다.

현우와 함께하며 나는 자연스레 '내가 옳다'는 생각을 버리게 되었다. 그럴 수밖에 없었다. 내 생각을 고집하다 보면 서로 싸울 수밖에 없고, 싸움은 한 배를 탄 우리한테 결코 좋지 않았기 때문이다. 고집은 내려놓고 현우의 생각을 헤아리며 균형을 맞춰야 했다. 내가 알 수 없는 현우의 생각과 행동을 '틀리다'고 여기지 않고 '그렇구나' 하며 그대로 받아들이려고 노력했다. 현우의 생각을 나의 생각만큼이나 소중히 여겼다.

사랑은 기꺼이 나를 내려놓는 일이었다. 그렇게 나는 안전하지만 외로운 '내 삶'이 아닌, 번거롭지만 재미있는 '우리의 삶'으로 나아갔다.

든든한 버팀목이 부러지고

현우는 나에게 단단하고 든든한 버팀목이었다. 내가 어떻게 살아가야 할지 몰라 휘청일 때, 그는 내 손을 잡고 같이 뛰어주었다. 나보다 더 나를 믿어주는 사람이 곁에 있어서 나는 조금이나마 덜 휘청일 수 있었다. 현우와 함께한다면 무슨 일이든 막막하지 않았고, 어떤 어려움도 잘 헤쳐나갈 수 있을 듯했다.

그런데 그 든든한 버팀목도 부러질 수 있었다. 청소를 하다가 갑자기 허리디스크가 터진 현우는 그날 조금도 움직이지 못했다. 누워 있던 현우를 일으켜 세워 그의 팔을 내 어깨에 걸치고 화장실에 데려갔는데, 화장실 문을 닫자마자 쿵, 현우가 정신을 잃고 쓰러졌다. 입술이 하얘진 채 타일 바닥에 쓰러져 있는 현우를 보고 정말 현우가 죽어버린 것 같아서 눈앞이 캄캄해지고 목덜미가 서늘해졌다. 눈물범벅이 되어 현우의 뺨을 여러 번 때리며 "현우야! 현우야!" 소리치던 순간, 문득 사랑이 두려워졌다. 그날 밤, 아파하는 현우를 껴안고 숨을 헐떡이며 엉엉 울었다. 나는 어쩔 줄 몰라하며 아픈 현우를 그저 바라볼 뿐, 그의 아픔을 조금이라도 덜어줄 수 없었다. 그것이 너무나 슬프고 괴로웠다.

그때가 현우와 함께한 시간 중 가장 힘든 날들이었다. 다만 참 신기하게도, 사랑이 두려웠던 그 시간이 나를 '더 사랑하는 사람'으로 만들었다. 그날 나는 제대로 몸을 가누지 못하는 현우에게 밥을 먹이고, 업어서 병원을 데려갔다. 버팀목이었던 현우가 쓰러지면서, 나는 크게 휘청이는 동시에 현우를 붙잡아주어야 했다. 현우를 보살피는 고작 그 며칠 동안, 나를 챙기기도 현우를 챙기기도 힘들어서 자주 울컥했다.

그때 이런 생각을 했다.

'만약 현우가 큰 병에 걸려서 평생 뒷바라지를 해야 한다면, 그럼에도 나는 현우와 함께할 수 있을까?'

이 질문에 답하기까지 꽤 오랜 시간이 걸렸다. 그건 '천국이 아니라 지옥에 함께 가더라도 계속 현우를 사랑하겠냐'는 질문 같았기 때문이다. 머리는 이것저것을 따지기 시작했다.

'내가 현우를 뒷바라지할 만큼 사랑하나?'

'나는 사랑받고 싶지 희생하고 싶지는 않은데……'

하지만 곧 가슴이 대답했다.

"응. 할 수 있어. 천국도 지옥도 함께 갈 거야."

그 답을 한 순간, 사랑은 더 이상 눈부시게 아름다운 것이 아니었다. 사랑은 나의 슬픔과 더불어 너의 슬픔까지 떠안는 것, 그러므로 질퍽한 웅덩이처럼 구질구질한 것이었다. 그런 사랑을 '하겠다'고 답하는 순간, 뭐가 있을지 모를 가시덤불 속으로 씩씩하게 들어가는 전사가 된 기분이었다.

사랑을 주는 즐거움

나는 그동안 사랑을 주기보다는 받으려 했다. 그래서 현우에게 기대한 만큼의 사랑을 받지 못하면 '현우는 나를 사랑하지 않는 것 같다'고 생각하면서 서운해했다. 그런데 사랑을 받기보다 주기로 마음먹으니, 받지 못한 걸 찾기보다는 내가 줄 수 있는 걸 찾게 되었다. 그리고 나로 인해 기뻐하는 현우를 보며 나도 행복해졌다. 사랑을 받으려고 할 때는 내가 할 수 있는 일이 기다리는 일뿐이었다. 하지만 사랑을 주려고 하니 내가 할 수 있는 일이 무척 많아졌다. 나는 현우를 기쁘게 해주고 싶어서 몰래 편지를 써서 노트에 숨겨놓기도 하고, 현우가 뭘 먹으면 좋아할지 요리법을 찾아보기도 하고, 현우가 실수를 해서 가라앉아 있을 때면 다그치지 않고 꼭 껴안아주었다. 사랑이 '내가 하는 일'이 되었을 때, 나는 언제든지 사랑하는 즐거움을 누릴 수 있었다.

어느 날, 현우가 코 고는 소리를 가만히 들었다. 마음이 편안해졌다. 현우가 내 곁에서 숨을 쉬면서 함께 있다는 게 감사했다.

'만약 네가 아프게 된다면, 만약 네가 이 세상을 떠나게 된다면, 나는 상상할 수 없을 만큼 아프고 아주 아주 힘들 거야……. 그래서 지금 네 코 고는 소리가 이토록 소중하고 감사해.'

사랑할수록 더 많이 불안해지고 더 많이 슬퍼질 것이다. 그러나 사랑한 사람에게 끝내 남는 건 슬픔이 아닌 기쁨이라는 걸, 나는 믿어보려고 한다. 사랑은 모호하게 경계를 흐린다. 내 삶과 네 삶의 경계를 흐리고, 슬픔과 기쁨의 경계를 흐리고, 불행과 행복의 경계를 흐린다. 결국 나는 '사랑'이란 두 글자 앞에서 슬픈 눈으로 미소를 지을 수밖에 없다.

사랑은 기꺼이 나를 내려놓는 일이었다.

그렇게 나는 안전하지만 외로운 '내 삶'이 아닌,

번거롭지만 재미있는 '우리의 삶'으로 나아갔다.

어떤 말을 들을 때 상처받나요?

모두에게 내 삶을 납득시키지 않습니다

현우

공격이 들어오면

얼굴도 모르는 사람에게 이런저런 말을 듣는다는 거, 솔직히 내게는 좀 버거운 일이다. 하지만 유튜브를 운영한다는 건 긍정적인 평도, 부정적인 평도 전부 감수하겠다고 마음먹어야 하는 일이다. 유튜브를 시작하고 우리는 참 많은 말을 들었고, 나는 그 말에 자주 마음이 흔들렸다. 특히 '네 삶은 틀렸어'라고 규정 짓는 댓글은 기어코 나를 화나게 했다. 어떤 이는 본인의 삶이 옳다는 걸 느끼기 위해 다른 사람의 삶을 깎아 내리는 듯 보였다.

'미니멀 라이프를 한다면서 왜 비싼 노트북을 쓰시나요? 미니멀 라이프를 한다고 말하는 사람들은 꼭 그 브랜드의 제품만 쓰더라고요. 도대체 두 분이 생각하는 미니멀 라이프는 뭔가요?'

질문인지 항의인지 헷갈리는 댓글을 볼 때마다 나는 할 수 있는 한 최선을 다해 대답하려고 애썼다.

'돈을 아끼는 게 미니멀 라이프라 생각하시고 그런 질문을 하신 듯하네요. 하지만 저는 돈을 아끼는 게 미니멀 라이프라고 생각하지는 않아요. 그저 잘 쓰지 않는 건 덜어내고, 자주 쓰는 건 만족할 만큼 좋은 걸 쓰는 게 미니멀 라이프라고 생각해요. 사람이 만족하는 이유는 다양하죠. 노트북의 기능이 좋아서 만족할 수도 있고, 예뻐서 만족할 수도 있어요. 저는 이 노트북을 예뻐서 샀지만, 기능적으로도 만족스러워서 계속 쓰고 있어요.'

가볍게 몇 문장 끼적인 것처럼 보이지만, 사실 나는 작은 꼬투리 하나 잡힐까 긴장하며 상대가 다시 반박할 틈은 없는지 몇 번이고 다시 읽은 뒤에야 댓글을 달았다. 그러고 나면 '혹시 내가 반박할 수 없는 댓글이 다시 달리면 어쩌나' 조마조마했고, '이걸 본 다른 사람들이 내 편이 되어주지 않으면 어쩌나' 걱정했다.

그렇게 꼬리에 꼬리를 무는 말다툼이 끝나면 어김없이 허탈감만 남았다.

'대체 뭘 위해서 이렇게 많은 시간과 감정을 쏟은 거지?'

말다툼에서 이긴다고 해서 기분이 좋은 건 아니었지만 그렇다고 질 수도 없었다. 화가 나고 억울해서 다른 일이 손에 잡히지 않았으니까. 전쟁이 나면 사람이 죽고 건물은 무너지고 땅이 망가진다. 돈은 돈대로 쓰면서 말이다. 그러니 조금만 생각해봐도 애초에 전쟁을 하지 않는 게 이기는 것보다 좋은 일이다. 말다툼도 마찬가지다. 이기든 지든 싸우기 시작하는 순간 에너지는 있는 대로 다 써버리고 마음에는 결국 상처만 남는다. 나는 더 이상 싸움이 일어날 판에 나를 가져다놓지 않기로 결심했다.

그때는 그랬고 지금은 이렇습니다

결심을 지키는 건 쉽지 않았다.

'저기요, 몇 달 전 영상에서는 샴푸를 쓰지 않는다면서요.'

몇 달 전 우리는 샴푸를 쓰지 않고 있다고 말했고, 최근 영상에서는 샴푸를 쓰고 있다고 말했다. 그러자 누군가 마치 우리가 거짓말이라도 한 것처럼 공격적으로 댓글을 달았다. 나는 또 그를 납득시켜야 한다는 생각에 빠져 답변을 쓰기 시작했다.

'그때는 제가 읽은 책에서 샴푸를 쓰지 않아도 괜찮다길래 한

번 도전해보고 있었어요. 그런데 아무래도 저한테는 잘 맞지 않았는지 점점 머리에서 냄새도 나고 각질도 생기더라고요. 그래서 지금은 조금씩 다시 써보고 있어요……'

구구절절 설명하는 글을 쓰다 말고 문득, 이게 무슨 의미가 있나 싶었다. 그래서 쓰던 댓글을 모두 지우고 이렇게 답했다.

'그때는 그랬고, 지금은 이렇습니다.'

우리는 계속해서 변하는 사람이고, 과거의 우리가 내뱉은 말에 얽매여 살아가고 싶지 않았다. 그래서 영상에서도 우리가 변해가는 모습을 있는 그대로 보여주고, 우리가 살아가는 모양새는 얼마든지, 언제든지 변할 수 있다고 말하고 싶었다. 샴푸를 사용하지 않는 걸 흥미롭게 본 사람에게 굳이 샴푸를 다시 사용하는 걸 드러내지 않을 수도 있겠지만, 그러고 싶지는 않았다. 우리는 사랑받기 위해서가 아니라, 그저 지금의 삶과 지금의 생각을 나누기 위해 일상을 공유하는 거니까.

하고 싶은 말을 솔직하게 쓰니 상대방과 싸우고자 하는 마음도, 화가 나는 마음도 잠잠해졌다. 반박할 수 없는 댓글이 달릴까 걱정하는 마음도 날아갔다. 저 한마디가 내가 하고 싶은 말의 전부였으므로, '이제는 당신이 생각하고 싶은 대로 생각하세요' 하는 마음만 남았다.

내 마음을 흔드는 반응이 또 한 가지 있다면, '겉과 속이 다른 질문'이었다. 질문에는 '답하지 않을 수 없는 힘'이 있다. 누군가 내게 "지금 마음이 어때요?"라고 물으면 나는 곧바로 '지금 내 마음이 어떻지?' 생각하게 된다. 마음속에 떠오른 답을 말하지 않을 수는 있지만, 생각조차 않기란 거의 불가능하다.

그런데 물음표가 붙어 있다고 전부 질문에 속하는 건 아니다. 어떤 이는 자신의 바람과 생각을 말하는 데 물음표를 사용하기도 한다. "결혼은 언제 할 거니?"라는 부모의 물음에 '네가 빨리 결혼을 했으면 좋겠다'라는 바람이 숨어 있는 것처럼.

'간소한 삶이 참 좋아 보여요. 근데 아기를 낳으면요……?'

우리는 아이에 대한 질문을 무척 많이 받았다. 아이를 낳을 생각이 있는지, 왜 아직 아이를 낳지 않는지, 아이를 낳으면 지금과 같이 단순한 삶을 살 수 있을 거라 생각하는지, 아이를 낳으면 어떻게 단순한 삶을 이어갈 건지……. 어떤 이는 정말로 궁금해서 묻는 듯했지만, 어떤 이는 '아이가 있으면 당신들이 하는 미니멀 라이프는 할 수 없다'는 주장을 숨기고 묻는 듯했다.

오랫동안 고민한 뒤 나는 이런 식으로 답하곤 했다.

'아이가 있으면 지금처럼 단순한 삶을 살기는 어려울 것 같아요. 하지만 저는 일어나지 않은 일에 대해서는 잘 생각하지 않는 편이라 실제로는 어떻게 될지 잘 모르겠네요. 아이를 낳을지, 낳지 않을지도 잘 모르겠고요. 만약 아이를 낳는다면, 그때의 저희가 잘해내겠죠?'

쓰고 나서 보니 '잘 모르겠어요'만 반복하는 애매한 답변이 된 것 같았지만, 이게 내가 하고 싶은 말의 전부였다.

유튜브를 하는 동안 수많은 물음에 답하며 내가 내린 결론은, 모든 질문에 곧이곧대로 답할 필요는 없다는 것이었다. 침묵도 답이 될 수 있고, '잘 모르겠네요' 역시 답이 될 수 있다. 마음을 흔드는 말을 들으면 '이건 내가 시간과 정성을 들여 답하고 싶은 질문인가' 생각했다. 이 연습을 계속하자 예전 같으면 화가 났을 표현들에도 그렇게 크게 흔들리지 않고 하고 싶은 말을 유연하게 쓸 줄 알게 되었다.

사랑이 담긴 걱정엔 행복으로 답한다

타인의 말에 이제 좀 덜 흔들리게 되었다고 말하고 있지만, 그

상대가 부모라면 얘기가 좀 달라진다.

"딱 중간만 해라. 튀지도 말고 뒤지지도 말고 딱 중간만."

군 입대를 앞두고 아빠는 나에게 거듭 말했다. 뭐든 문제되지 않을 정도로만 적당히 하라고. 실제로 군대에 가보니 시키는 일을 너무 잘하면 점점 많은 일을 떠맡게 되었고, 그러다 보면 쉬는 시간이나 책을 읽을 시간이 부족해졌다. 반대로 일을 못하면 무시당하기 일쑤여서 그 역시 정신건강에는 좋지 않았다. 군대라는 특수한 상황에서 아빠의 말은 도움이 되었다. 나는 튀지도 모자라지도 않게 군생활을 잘 마쳤다.

아빠는 내가 적당히 평범한 삶을 살기를 바랐다. 그러니까 딱 중간만 하는 삶. 고등학교를 마치고 바로 대학에 들어가고, 늦지 않게 군대에 다녀오고, 잘릴 걱정 없는 안정적인 직장에 들어가고, 결혼해서 아이를 낳고 키우는 삶. 하지만 나는 중간만 할 생각이 없었다. 아니, '중간만 한다'는 게 무엇인지조차 알 수 없었다. 다른 사람과 비교를 해야 내가 중간인지 아닌지 알 수 있는데, 나는 그저 내가 하고 싶은 일을 하는 게 더 중요했다. 이렇듯 정반대의 생각을 가진 아빠와 나는 계속해서 다툴 수밖에 없었다.

아빠는 나의 생각을 들을 때마다 이렇게 말했다.

"너는 왜 항상 남들이 하는 대로 하지 않고 매사에 딴 길로 가려고 그러냐?"

대학교에 떨어지고 재수를 하지 않겠다고 했을 때도, 남들보다 늦게 군대를 가려고 했을 때도, 취직하지 않고 내 방식대로 돈을 벌려고 했을 때도, 동거를 하려 했을 때도, 서울이 아닌 동해시에 살려고 했을 때도…… 아빠는 이해할 수 없다는 듯 매번 물었다. 아빠의 물음에 나는 달리 할 말이 없었다. 애초에 딴 길로 가려고 한 것은 아니었으니까. 그저 내가 하고 싶은 일은 하고 하기 싫은 일은 피하며 살다 보니 이렇게 살고 있을 뿐이었으니까.

그렇다고 아빠의 생각을 아주 이해하지 못하는 건 아니었다. 아빠는 당장 먹을 밥이 없어서 라면으로 며칠간의 끼니를 때우기도 했고, 아버지가 일찍 돌아가시는 바람에 이른 나이부터 기술을 배워 돈을 벌어야만 했다. 가난이 얼마나 뼈저린 것인지 삶으로 겪어본 아빠가 돈과 안정적인 직업을 중요하게 생각하는 건 지극히 자연스럽고 당연한 일이었다.

내가 벌이가 안정적이지 않은 일을 한다고 말했을 때 아빠는 거듭 말했다.

"네가 가난이 얼마나 무서운 것인지 겪어보지 않아서 그래."

맞는 말이었다. 나는 부모님의 보살핌 덕에 가난이 무엇인지 머리로만 알고 있을 뿐이었다. 그래서 딱 내가 아는 만큼만 살 수

밖에 없었고, 아빠 눈에 그런 나는 가난 무서운 줄 모르고 제 발로 불안정한 길을 걸어가는 철없는 아들이었을 것이다.

아빠와 말다툼을 하고 방에 들어오면 내가 아빠에게 몹쓸 짓을 하고 있는 것 같다고 느껴지곤 했다. 아버지의 빈자리를 많이 느끼며 자랐던 아빠는 부모가 자식에게 해줄 수 있는 일을 아낌없이 해주려고 했다. 내가 먹고 싶은 걸 말하면 뭐든 사줬고, 배우고 싶은 걸 말하면 모두 배우게 해줬다. 아빠는 나를 위해 이렇게나 많은 걸 해줬는데 나는 자식 된 도리를 못 하는 것만 같아 괴로웠다. '아빠가 원하는 삶을 사는 게 길러주신 사랑에 조금이나마 보답하는 길일까' 고민했던 적도 있다.

하지만, 아무리 생각해도 미안하다는 이유로 아빠가 원하는 삶을 사는 건 아닌 것 같았다. 아빠는 내 삶을 책임져줄 수 있는 사람이 아니니까. 아빠의 능력과 별개로, 내 삶을 책임질 사람은 나 말고 없으니까. 오히려 부모의 말을 따르다가 삶이 만족스럽지 않다고 느낄 때 부모를 탓하는 게 더 무책임한 일이 아닐까.

모든 사람은 자신의 삶 외에 다른 삶을 살지 못한다.

"내가 해봤는데 이게 맞아."

"저 직업 정말 괜찮다더라."

타인에게 무심코 던지는 조언들은 그저 본인이 살아온 환경과 경험치 안에서 나온 말들이다. 그게 부모의 말일지라도, 명백한 진심과 선의에서 나온 말일지라도 받아들이느냐 마느냐는 그 삶을 책임질 자신에게 있다.

이제는 내가 원치 않는 다른 길을 권하는 아빠의 말을 들어도 자책하지 않는다. 나에게 이로운 가르침, 아빠의 진심만 받고 적절히 걸러 듣는다. 대신 '어떻게 살고 싶은가'에 대한 나만의 답을 부지런히 찾으며 내 선택에 책임지며 살아가고자 한다. 그 선택이 당장 아빠 눈에 탐탁지 않더라도, 결국 아빠가 원하는 건 내가 행복하게 살아가는 것일 테니까.

수많은 물음에 답하며 내가 내린 결론은,

모든 질문에 곧이곧대로 답할 필요는 없다는 것이었다.

가족의 사랑이 짐이 되나요?

부모님과의 묵은 갈등을 풀어가게 되기까지

하윤

부모님이 응원해줄 수 없는 길

스무 살 즈음까지, 엄마 아빠가 내 선택을 반대한 적은 단 한 번도 없었다. 서울에 있는 좋은 대학에 붙었지만 영상 공부를 하기 위해 지방에 있는 대학교를 가겠다고 할 때도, 흔쾌히 그렇게 하라며 내 마음을 다정하게 헤아려주었다. 엄마 아빠는 나를 언제나 응원했고 곁에서 기쁨과 슬픔을 함께했다. 나는 어떤 일을 겪든지 돌아갈 곳이 있었다. 엄마 아빠가 있는 곳, 그곳이 내가 가장 마음 편히 쉴 수 있는 곳이었다.

그러나 이제 막 사귄 남자 친구와 언제 돌아올지 모르는 여행을 떠나겠다고 했을 때, 엄마 아빠의 얼굴은 내가 난생처음 보는 표정이 되었다.

"너 미쳤니?"

엄마 아빠는 단호했다.

"준비도 안 되어 있고, 아무 계획도 없고, 충동적인 결정이야."

돈도 계획도 없이 그냥 떠나는 건 '도전'이 아니라 '생각 없는 행동'이라고 부모님은 딱 잘라 말했다. 게다가 배울 수 있는 '때'를 놓치면 분명 후회할 거라고 했다. 여행은 공부를 마치고 돈을 모아서 다녀오라고, 그때는 엄마 아빠가 여행 경비도 보태주겠다고 설득했다.

배울 수 있는 '때'가 있다는 거, 지금 내가 하려는 여행이 무모하고 감정적이라는 거, 다 맞는 말이었다. 그렇지만 '이대로 계속 사는 건 아니야'라고 말하는 내 마음도 맞았다.

엄마 아빠와 나는 계속해서 부딪쳤다. 앞이 보이지 않는 깜깜한 터널에 있는 듯했다. 나는 무작정 '나 좀 이해해달라' 외쳤고, 엄마 아빠도 '진심으로 걱정돼서 하는 말이니 이번엔 부모 말 좀 들어라' 외쳤다. 우리는 서로 다른 생각을 조금도 좁히지 못한 채로 싸움만 되풀이했다. 목소리를 높이고, 서로에게 날카로운 말을 던지며. 그렇게 서운함과 실망, 눈물로 범벅된 얼굴만 남긴 채

각자의 방으로 들어갔다. 대화를 하면 할수록 어쩐지 더 엉켜버리는 느낌이었다.

'엄마 아빠라면 내가 어떤 모습이든 받아줄 줄 알았는데, 꼭 그런 건 아니었구나…….'

'그동안 내가 사랑받을 만한 행동을 했기 때문에 사랑받을 수 있었던 걸까…….'

매일 밤 소리 죽여 울었다.

몇 번의 대화를 나눠도 늘 평행선을 달렸고, 나는 엄마 아빠 몰래 비행기 티켓을 끊었다. 부모의 마음은 다 무시하고 끝끝내 내 뜻대로 하고야 마는 나를 보며 아빠는 '이기적'이라고 말했다. 그 뒤로 우리는 거의 이야기를 하지 않았다. 싸늘한 공기만이 집 안을 감돌았다. 그렇게 나는 부모님과 따뜻한 포옹도 하지 못하고 혼자 공항으로 향했다.

그토록 바라던 여행이었지만 그리 행복하지는 않았다. 낯선 곳에서 새로운 일을 하며 느낀 것들을 당장 엄마 아빠한테 이야기해주고 싶었지만 그럴 수 없었다. 엄마 아빠는 이 여행을 그토록 말렸으니까. 낯선 여행지에서 엄마 아빠가 보고 싶을 때마다 나는 혼자 울었다. 늘 곁에 있던 사랑이 사라진 그때, 내 마음은 짙은 슬픔으로 물들어 있었다.

당시 나와 비슷한 갈등을 겪던 친구가 있었다. 그 친구는 끝내 자신의 뜻을 내려놓았다.

"내가 가장 사랑하는 사람을 아프게 하면서까지 내 뜻을 고집할 필요는 없는 것 같아. 부모님을 울게 하는 삶보다는 웃게 하는 삶이 나한텐 더 나은 것 같아."

여행을 하는 동안 친구의 말이 자주 떠올랐다. 언젠가 지금을 후회할지도 모르겠다는 생각이 들었다. '이대로 사는 건 아니다' 싶어서 무작정 여행을 떠나왔지만, 그 과정에서 엄마 아빠한테 되돌릴 수 없는 커다란 상처를 준 것만 같았다. 나의 선택은 잘못된 걸까……?

아슬아슬한 평화

여행에서 돌아온 뒤, 우리의 관계는 꽤나 평화로웠다. 같은 집에 살면서 밥을 먹고 잠을 자고 한두 마디 주고받으며 간간이 웃기도 했다. 조금 어색하긴 했지만, 울고불고 소리 지르고 모진 말을 퍼붓던 때보다는 훨씬 나았다. 나는 이 괜찮은 상태를 계속 이어가고 싶었다.

모두가 이 평화를 지켜내기 위해 애쓰고 있었다. 여행을 가기 전 풀지 못한 갈등은 처음부터 없었던 양 아무도 들추지 않았다. 아마 엄마 아빠도 거친 말과 싸늘한 눈빛으로 서로를 아프게 했던 시간을 또다시 겪을 자신이 없었을 테다. 엄마 아빠는 내가 무슨 생각을 하며 사는지 선뜻 묻지 않았고, 설령 묻는다 해도 나는 부모님이 고개를 끄덕일 만한 대답만 골라 했다. 그렇게 숨기는 게 하나둘씩 늘어났다.

휴학하고 2년이 지난 뒤, 나는 다시 학교로 돌아갔다. 졸업을 하기 위해 돌아간 건 아니었다. 이번엔 전공과 상관없이 내가 원하는 대로 수업을 들어보고 싶었다. 하지만 엄마 아빠는 분명 졸업을 목표로 하지 않는 학교생활을 '게으르고 무책임하다'고 생각할 것 같았다. 만약 내가 졸업할 마음이 없다는 걸 말한다면, 우리는 또다시 크게 싸울 게 뻔했다.

'나중에 말씀드리자. 다 지나가고 말해도 늦지 않을 거야.'

나는 또다시 과제를 미뤘다.

학교를 다니면서 나는 엄마 아빠와 연락도 자주 했고, 만나면 도란도란 이야기도 나누었다. 그 어느 때보다 사이가 좋았고, 우리 사이의 아픔과 슬픔도 말끔히 아문 듯했다. 평화로운 이 관계를 계속 지키고 싶었다. 그래서 60퍼센트는 사실을 말하고, 30퍼센트는 애매하게 숨기고, 10퍼센트는 거짓말을 했다. '말해야 하는데……' 하면서도 우리의 화목함을 위해서 이 정도는 '선의의 거짓말'이라고 생각했다.

하지만 진실은 내가 원하든, 원하지 않든 드러난다. 전혀 생각지도 못한 일로 모든 거짓말이 하나씩 드러났다. 엄마 아빠는 내가 수업을 제대로 듣지 않고 있다는 사실에 크게 놀랐다. 무엇보다 딸이 이 사실을 1년 동안 숨겼다는 것에 더욱 충격받았다.

살면서 딱 두 번, 엄마 아빠에게 매를 맞아봤다. 두 번 모두 거짓말을 했을 때였다. 부모님은 '진실'을 제일 중요하게 여겼고 '거짓'에 특히 엄격했다. 엄마 아빠에게 '선의의 거짓말'이란 없었다.

이제라도 모든 걸 숨김없이 말하기로 마음먹었다. 말보다는 글이 나을 것 같아 편지를 썼다. 그동안 하고 싶은 일이 생길 때마다 엄마 아빠랑 부딪치는 게 힘들었다고, 나도 엄마 아빠를 기쁘게 해주고 싶고 옛날처럼 사랑받고 싶었다고, 그래서 엄마 아빠가 걱정하고 실망할 만한 일은 일부러 말하지 않고 거짓말로 꾸몄다고……. 그리고 모든 게 다 드러난 지금, 너무 후회스럽다고 솔직한 심정을 모두 편지에 적었다.

편지를 전달하는 마음에는 어떠한 바람도 없었다. 집에서 쫓겨나든, 다시는 말을 섞지 않게 되든, 다 내 거짓말 때문이니 마음을 비우기로 했다. 어떤 일이 일어날지 두려웠지만, 이상하게도 마음 한구석이 후련했다.

'그래, 다 끝났어. 앞으로 어떻게 될지는 모르겠지만 그래도 이 지긋지긋한 거짓말은 끝났잖아……'

거짓은 꼬리에 꼬리를 물었다. 하나의 거짓이 진실처럼 보이려면 또 다른 거짓이 필요했다. 그렇게 부풀려진 거짓 뭉텅이를 이고 지고 사는 삶은 늘 불안했고, 체한 것처럼 마음 어딘가가 거북했다.

엄마 아빠는 편지를 천천히 읽었다. 그러고는 잠시 생각에 잠겨 있다가 차분히 말했다. 어디로 튈지 모르는 내 모습이 얼마나 당황스러웠는지, 혼자 마음을 다 정해놓고 휙 가버리는 모습이 얼마나 서운했는지, 자꾸만 위험한 길로 가는 내가 얼마나 걱정스러웠는지, 마음을 알아주고 싶어도 그게 잘되지 않아서 얼마나 답답했는지, 그리고 모진 말밖에 할 수 없어서 얼마나 미안했는지…… 더듬더듬 말했다. 그때 처음으로 엄마 아빠의 마음을 알았다. 그동안 내가 듣지 않은 건지, 아니면 엄마 아빠가 말을 안한 건지는 모르겠지만, 두 사람의 진심을 제대로 들은 건 그날이 처음이었다.

부모님은 앞으로 내 마음을 좀 더 헤아려보겠다고 말했고, 나는 부딪히는 게 두려워서 거짓말을 하지는 않겠다고 약속했다. 이야기는 그렇게 마무리되었고, 벼랑 끝에 아슬아슬하게 매달려 있던 우리의 관계는 다행히 낭떠러지로 떨어지지 않았다.

조심스럽게 말하고 귀 기울여 듣기

이후로도 내가 하려는 일은 거의 엄마 아빠의 기대에 어긋났다. 하지만 이전처럼 막무가내로 내 뜻을 고집하며 싸우지 않았고, 거짓으로 꾸미지도 않았다. 숱하게 상처를 주고받으며, 싸움이든 거짓이든 그 두 가지 방법으로는 아무것도 달라지지 않는다는 걸 절실히 깨달았다.

먼저 나는 무엇이든 솔직하게 말했다. 동해로 이사 가기 전, 나는 엄마 아빠에게 왜 서울이 아닌 동해에서 살고 싶은지 설명했다. 그럴듯한 이유를 꾸며내지 않았고, 그저 내 마음 그대로를 투박하게 내보였다. 부모님은 차분히 이야기를 듣더니 '내 말이 달

갑지는 않지만, 네가 어떤 마음인지는 충분히 알겠다'고 했다. 동해로 떠나는 날, 엄마 아빠는 걱정스러운 표정을 감추지는 못했지만, 그래도 나를 꼭 껴안아주었다.

동해로 와서 한참을 고민했다. 어떻게 하면 계속해서 변하는 내 생각을 그때그때 부모님한테 나눌 수 있을까? 한 달에 한 번 만나서 이야기하는 것만으로는 서로의 마음을 이해하기에 턱없이 부족했다. 내가 할 수 있는 게 무엇이 있을까 고민하던 중 방법이 하나 떠올랐다. 바로 블로그였다.

블로그 속의 나는 엄마 아빠가 알고 있는 내 모습과는 사뭇 다를 것이었다. 혼자 있을 때는 종종 울고, 일할 때는 쉬이 조급해지고, 현우와 함께 있을 때는 어리광 피우며 유치해지는 모습까지 고스란히 기록되어 있는 블로그엔 엄마 아빠가 몰랐으면 하는 모습도 많았다. 기쁨과 슬픔, 행복과 괴로움이 숨김없이 담겨 있는지라 엄마 아빠가 보면 걱정만 더 늘어나지 않을까 싶었다. 그렇지만 떨어져 있는 동안 나를 가장 투명하게 보여주는 방법으로 블로그만 한 게 없었다. 나는 용기 내어 부모님에게 블로그 주소를 알려주고 틈틈이 읽어달라고 부탁했다. 엄마 아빠는 티 내지 않고 꾸준히 글을 읽어주었고, 나는 글을 보고 있을 엄마 아빠를 생각하며 말로는 전하기 어려운 생각을 글로 썼다.

우리는 전보다 자주 얼굴을 마주하고 이야기를 나누었다. 서울에 갈 때마다 꼭 자리를 만들어서 서로 궁금했던 것들을 묻고 답했다. 이 시간이 되면 나도 엄마 아빠도 무척 긴장했다. 우리의 서로 다른 생각이 불씨가 되어 큰불로 번질 수도 있기에, 나는 이 불씨를 아주 조심스럽게 다루었다. 되도록 상처 주는 일이 없도록 말을 아꼈다. 그렇다고 해서 생각을 숨기는 건 아니었다. '어떤 일이 있어도 상처가 될 만한 말은 내뱉지 않을 거야'라고 마음먹고 입을 떼면 한결 부드럽게 마음을 전할 수 있었다.

무엇보다, 말하기 전에 제대로 들으려고 노력했다. 우리는 부모 자식 관계이기 앞서 엄연히 다른 사람이다. 내가 엄마 아빠의 생각을 전부 알 수 없는 게 당연하고, 그 반대도 마찬가지다. '우리가 서로 다르다'는 사실을 잊지만 않는다면, 무작정 내 뜻을 고집하기 전에 우선 들을 수 있었다.

그동안 엄마 아빠의 말을 제대로 들은 적이 있나 싶었다. 늘 '내 입장'이라는 뜰채로 부모님의 말을 걸러 들었으니까. 엄마가 "너한테 도움이 되었으면 해서 말하는 거야"라고 했을 때, 나는 "도움이 되었으면 하는 마음이 아니라 불안한 마음에서 말하는 거잖아요"라고 튕겨냈다. '도움이 되길 바란다'는 엄마의 마음을 그대로 받아들이는 게 그렇게 어려웠을까? 엄마 아빠의 말을 꼬아듣지 않고 그대로 들으려고 노력하니, 나와 다른 부모님의 생각이 나를 거슬리게 하는 게 아니라 오히려 도움이 되기 시작했다.

생각이 다르기 때문에 도움이 될 수 있다

나는 결혼을 하고 싶지 않았다. 결혼하면 며느리라는 역할이 생기고, 가족이 하나 더 생기면 내가 해야 할 일들이 늘어날 텐데, 그것들이 모두 짐스러워 보였다. 그래서 현우와 사귀는 7년 동안 그의 부모님께 인사 한 번 드리지 않았다.

어느 날, 엄마가 나에게 말했다. 혼인신고는 안 했지만 우리는 부부나 다름없으니 이제는 서로의 가족에게 서로를 소개해주면 좋겠다고. 그러고 나면 여자한테 주어지는 기대가 많아서 때로는 억울하고 화가 나고 서러울 거라고도 했다.

나도 모르게 눈살이 찌푸려졌다. 그게 바로 내가 결혼을 무서워하는 이유라고 말하고 싶었다. 그렇지만 하고 싶은 말을 꾹 참고 엄마의 이야기를 끝까지 들었다.

“네가 사랑하는 현우의 가족이잖아. 사랑하는 사람의 가족을 사랑하지 못할 이유는 없어. 나는 네가 그 마음으로 현우의 가족에게 다가갔으면 좋겠어.”

엄마가 대체 무슨 말을 하는 건지 알 수 없었다. 그렇지만 당장 수긍할 수 없다고 해서 고개를 가로젓지도 않았다. 그저 엄마의 말이니까 소중하게 기억하기로 했다.

얼마 지나지 않아 우리는 서로의 가족에게 서로를 소개했다. 현우의 가족을 처음 만나러 가는 길은 몹시 떨렸다. 나는 엄마의 말을 계속 떠올렸다.

“네가 현우를 사랑하게 된 것처럼, 현우의 가족도 사랑할 수 있을 거야.”

내가 만난 현우의 부모님은 우리 부모님과 완전히 다른 사람들이었다. 이 낯선 두 어른과 내가 과연 가족이 될 수 있을까? 앞으로 어떤 일을 겪게 될지는 모르겠지만, 적어도 그날만큼은 두 분을 알아가게 될 앞으로의 날들이 기대되었다. 시댁, 며느리. 아직은 어색한 말들이고, 이 말들에 따라붙은 이야기들을 들을 때면 덜컥 겁이 나지만, ‘사랑할 수 있다’는 엄마의 말을 좀 더 믿어보기로 했다.

만약 엄마의 말을 '옛날 생각'이라고 여기고 내팽개쳤더라면 나는 현우의 가족을 만날 용기를 낼 수 있었을까? 엄마의 말을 중요하게 기억한 덕분에 나는 마음의 문을 열 수 있었다. 그동안 엄마 아빠와 내 뜻이 다르면 싸우기만 할 뿐 좋을 게 없다고 생각했는데 지금 돌아보니 그렇지 않았다. 서로 다르기 때문에 내가 보지 못하는 걸 부모님이 봐주었고, 그 덕에 나는 좀 더 나은 선택을 할 수 있었다.

사랑의 자리를 벗어나지 않고

상처 주지 않기 위해 조심스럽게 말하고, 엄마 아빠의 생각을 소중히 듣고, 갈등을 풀어갈 방법을 계속해서 고민하는 것, 나의 노력은 이 정도로 말할 수 있을 듯하다. 이제 엄마 아빠의 노력을 떠올려본다. 그건 오직 엄마 아빠만이 알겠지만, 두 사람의 노력이 나보다 크면 컸지 결코 작지 않다는 걸 안다.

언젠가 아빠가 말했다.

"그동안 하고 싶은 말이 많았는데, 생각을 다 말하는 게 좋은 거 같진 않더라고. 그보단 그냥 이해하려고 노력할 뿐이야."

아빠는 종종 젊은 직원들에게 다가가서 '요즘 애들의 생각'을 물어본다 했다. 딸을 도무지 이해할 수 없지만 딸을 사랑하니까, 아빠는 낯설고 불편한 생각에 조금이나마 익숙해지기 위해 노력하고 있었다.

또 엄마는 이렇게 말했다.

"더 많이 사랑할수록 더 많이 아프다는 걸 알았어. 나는 더 아픈 사람이 되고 싶어. 내 사랑으로 인해 다른 사람이 살아나는 건 가치 있고 아름다운 일이라 생각해."

엄마는 우리 가족 중 누구보다도 사랑을 중요하게 생각한다. 우리가 울부짖고 싸울 때 엄마는 가장 괴로워했다. 아빠와 내가 입을 닫고 있을 때, 엄마는 어떻게든 대화할 자리를 만들려고 애썼다. 아빠와 내가 제 뜻을 고집하고 있을 때, 엄마는 "내가 졌어. 그러니까 우리 다시 이야기해보자"라고 말했다. 엄마는 어떤 일이 있어도 사랑하기를 멈추지 않았고, 늘 먼저 손을 내밀었다.

'하윤이의 웃음, 눈물, 기쁨, 아픔을 속속들이는 모르지만, 언제나 널 응원하며, 너의 이야기를 들을 준비가 되어 있어.'

몇 달 전, 엄마가 보내준 편지에 적혀 있던 말이다. 딸이 앞으로 겪어야 할 어려움이 뻔히 보이는데도 '네가 가고 싶은 길이라면, 너를 응원하고 믿어줄게'라고 말하기까지 엄마 아빠는 얼마나 두려웠을까. '힘들 때면 언제든지 달려와도 좋아'라고 말하기까지 얼마나 가슴 아픈 시간을 보냈을까.

우리는 참 긴 시간을 돌아왔다. 내 삶에 엄마 아빠가 들어올 자리를 막아두었을 때는 모든 걸 내 뜻대로 할 수 있었지만, 동시에 사랑을 받지도 못했다. 그땐 행복하지 않았다.

결국 나는 사랑이 있는 곳으로 다시 돌아왔다. 여기에서는 모든 걸 내 뜻대로 하며 살지는 못하지만, 그래도 이 귀찮고 번거로운 사랑이 좋다. 나는 이제 앞으로 다가올 갈등이 두렵지 않다. 우리는 사랑의 자리를 벗어나지 않고, 따로 또 같이 갈등을 풀어갈 테니까.

스스로 ... 바라...

가장 눈부시고

존재 자체임을 기억하길 바라.

욕심을 내려 놓을 수록 자유함을 누리며

실제로는 더 도전하고, 노력하며, 힘과 열정이

있는 삶을 살아가는 것 같아.

하윤이의 눈물, 웃음, 기쁨, 아픔을 속속들이는 모르지만

언제나 널 응원하며 함께 들을 준비가 되어

있는 가족이 하윤이는 기억하고 있을꺼야.

눈에 보이든 보이지 않든지 가족의 사랑을 받은

사랑은 무엇보다도 인내할 수 있고 품을 수 있는

힘이 있으니까 언제나 베풀고 사랑하며 살아가라. 2021. 11. 12. 엄마.

결국 나는 사랑이 있는 곳으로 다시 돌아왔다.

여기에서는 모든 걸 내 뜻대로 하며 살지는 못하지만,

그래도 이 귀찮고 번거로운 사랑이 좋다.

동해에서의 첫 집, 24평 단독주택.
좋아하는 것들로 가득 채운 예쁜 집이었지만 창고에는 숨겨진 물건이 많았다.

두 번째 집, 8평 원룸. 우리가 가진 물건을 모두 알고 살게 되었다.

원룸에 있는 유일한 가구, 널따란 책상.
평소엔 작업 테이블, 밥때가 되면 식탁이 된다.

매일 사용하는 물건들.

여름엔 모기장, 겨울엔 난방 역할을 하는 텐트와,

작은 방을 넓게 쓸 수 있는 침구용 토퍼.

무엇을 입을지 고민하지 않아도 되는 가벼운 옷장.

매일의 식탁에는 그날그날의 계절이 담긴다.

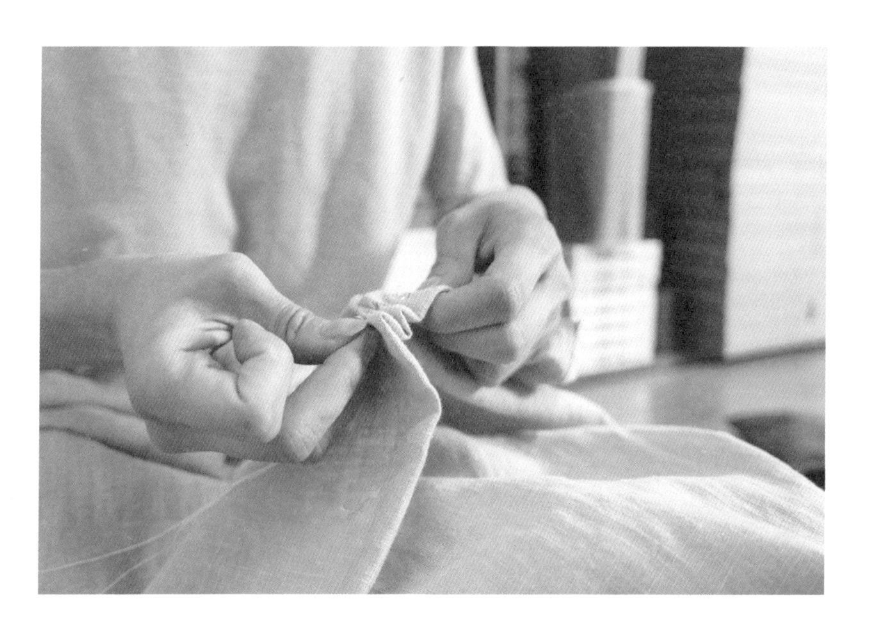

통바지 하나를 손바느질로 느슨하게 지어 입으면

'입는 일'에 대한 자유로움을 느낀다.

북바인딩을 시작한 후 일기장은 직접 만들어 쓴다.

5년 동안 쌓인 하윤의 일기장. 기록은 나를 보살피고, 계속 나아가게 한다.

작고 단순한 삶에 진심입니다

초판 1쇄 발행 2022년 3월 25일 **초판 3쇄 발행** 2022년 5월 20일

지은이 류하윤, 최현우
펴낸이 이승현

편집1 본부장 한수미
에세이1 팀장 최유연
편집 곽지희
디자인 김준영

펴낸곳 ㈜위즈덤하우스 **출판등록** 2000년 5월 23일 제13-1071호
주소 서울특별시 마포구 양화로 19 합정오피스빌딩 17층
전화 02) 2179-5600 **홈페이지** www.wisdomhouse.co.kr

ISBN 979-11-6812-251-2 03810